마음을
치료하는 의사

'귀신 들린 병'이라 불리던
뇌전증 환자 위한 봉사 50년

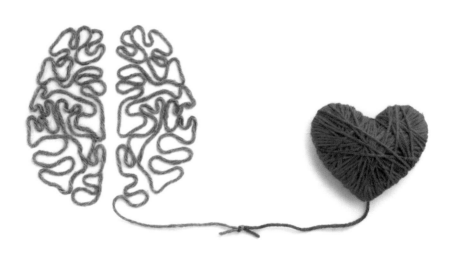

목차

Chapter 2

장미는 가시가 있어서 더 아름답다

Chapter 3
보다 더 소외된 곳을 찾아서

그저 마지막까지
지키고 있었을 뿐

개업의를 하면서 평생 지켜온 원칙이 하나 있다. 병원 진료는 일주일에 3일만 하고 나머지 날들은 다른 사람들을 위해 사용하고자 한 것이다. 그 덕분에 다른 사람들을 돕는 일에 미력하나마 참여할 수 있었다.

뇌전증 환자들을 위한 봉사모임인 장미회 활동부터 네팔, 북한 등 의료 봉사활동, 생명의 전화 등 여러 사회 봉사활동에 참여했지만 나는 그것을 봉사라고 생각해 본 적이 없다. 그저 내가 받은 것의 아주 작은 일부를 사회에 돌려주었을 뿐이다.

내가 참여했던 여러 활동들 역시 나 혼자 할 수 있는 일은 아니다. 누군가가 시작한 일을 떠맡아서 그저 마지막까지 지키고 있었을 뿐이다.

일을 잘 벌이는 성격은 아니었지만 한번 시작한 일은 아무리 힘들어도 멈추지 않고 꾸준히 해나갔다. 내가 인정받을 수 있는 일이 있다면 아마 그런 일 정도일 것이다. 그런 활동들이 전적으로 나의 역할이나 기여처럼 비춰지는 것 역시 무척 부담스럽다.

봉사활동을 하면서 내가 베푼 것보다 받은 것이 훨씬 많다. 먼저 부탁한 적도 없는데 먼저 알고 전화해서 지원해 주는 후원사들이 있고 나와 같은 길을 가는 제자들과 후배들이 있어서 감사할 따름이다. 어느 때부터인가는 내가 제자들을 끌고 다니는 것이 아니라 내가 끌려 다니는 경우가 더 많다.

돌이켜보면 내가 해왔던 다양한 사회활동들은 내가 아주 어렸을 적 내 어머니께서 이웃을 위해 해온 나눔을 흉내낸 정도에 불과하다. 그런 깨달음을 얻게 해주신 부모님께 특별히 감사하게 생각한다.

또 가족들의 희생과 양보가 없었으면 할 수 없는 일들이었다. 그리고 병원 식구들, 장미회와 로즈클럽인터내셔널 등 오랫동안 곁에서 함께 해온 많은 분들의 도움도 컸다. 마지막으로 이 모든 것을 이루어주신 하나님에 대한 감사도 빼놓을 수 없다.

이 글은 지금까지 살아오면서 내가 베푼 사랑이 아니라 내가 받은 사랑의 기록이다. 이제 남은 삶도 더 열심히, 더 많이 돌려 주면서 살아갈 것이다. 받은 것이 너무 많아서 되돌려줄 수 있는 시간이 부족한 것이 아쉬울 뿐이다.

2019년 11월

박종철

Chapter 1

문학청년, 의사가 되다

언덕 위의 먼 종소리

여섯 살 때의 기억

내 고향은 전북 정읍이다. 1932년 11월생이니 일제강점기의 한복판에서 태어났다. 여섯 살 이전의 생활은 거의 기억이 나지 않는다. 집 앞으로 작은 개천이 흘렀고 그 개천에 나가서 게와 장어를 잡으며 놀았던 기억만이 어렴풋하게 남아있을 뿐이다.

내 어린 시절 기억의 대부분을 차지하고 있고, 또 내 인생 전체를 통해서도 가장 크고 깊은 영향을 주신 분은 바로 어머니다. 어머니는 부잣집 딸이었다. 면장을 하셨던 외할아버지 덕분에 부족함이 없이 자랐다. 부잣집에 시집왔다고 생각했는데 그게 아니었다. 할아버지 집안도 원래 부자였으나 어머니가 시집오실 때는 가세가 기울면서 집안 형편이 매우 어려워졌다.

마음을 치료하는 의사

시골 부잣집이라고 시집을 왔는데 아무 것도 없으니 어머니께서는 고생을 많이 하셨다. 시집온 지 얼마 지나지 않아 어머니는 나를 임신했다.

요즘 같으면 산부인과로 달려가서 이런 저런 검사를 받았겠지만 그때만 해도 아이에 대해서 물어보기 위해 점쟁이를 찾아가는 일이 종종 있었다. 어머니는 뱃속의 아이가 무척 궁금했던 모양이다.

태어나지 못할 뻔했던 소년

어머니는 나를 임신하고 마을에서 소문난 점쟁이를 찾아갔다. 과연 이 아이가 건강하게 태어나 잘 자랄 수 있는지, 앞날은 어떤지 알아보기 위해서였다. 그러나 점쟁이는 어머니를 보자마자 대뜸 이렇게 이야기 했다고 한다.

"이 아이는 곧 죽을 것이야. 네 운명에는 아들이고 딸이고 하나도 없어. 아이 낳는 것은 꿈도 꾸지 마라. 아이를 낳으려면 정성껏 공을 들여야 해."

굿을 하든지, 뭔가 재물을 바치라고 그런 말을 했는지 모르겠지만 이제 막 아이를 가진 젊은 임산부에게는 청천벽력과 같은 이야기였다. 게다가 가난한 살림에 큰돈을 들여 굿을 한다는 것은 상상하기도 힘든 일이었다.

"어떻게 얻은 아이인데…."

어머니는 점집을 나서며 흐르는 눈물을 주체하지 못했다. 당시 우리 마을은 전기도 들어오지 않는 농촌의 오지였다. 밤이 되면 하늘은 칠흑처럼 어두웠다. 서러운 마음으로 하늘을 올려다봤지만 달과 별만 빛날 뿐 아무 것도 보이지 않았다.

'무슨 일이 있어도 이 아이를 살려야 해.'

어머니의 머릿속엔 온통 뱃속의 아이 생각뿐이었다. 훌쩍거리면서 집을 향해 밤길을 터벅터벅 걸어오던 중 아주 멀리서 은은하게 울리는 아주 작은 종소리가 어머니의 귀에 들려왔다.
멀리 떨어진 교회에서 들려오는 종소리였다. 어머니는 교회

마음을 치료하는 의사

를 향해 뛰었다. 뱃속의 아이를 위해서라면 무슨 일이라도 할 마음이었다.

그 교회는 우리 집에서 무려 6킬로미터나 떨어져 있었지만 단숨에 도착했다. 어머니는 나를 임신하고 10개월 동안 단 하루도 빠뜨리지 않고 매일 새벽기도를 다니셨다. 그런 어머니의 정성이 오늘의 나를 만들었다. 나는 하마터면 힘찬 울음소리 한번 못 내고 어머니 뱃속에서 사라질 뻔했다.

교회 가는 길

1년 365일 시골길을 걷다

"그렇게 먼 곳에서 어떻게 교회 종소리가 들렸는지 몰라. 정말 기적이야, 기적."

가끔씩 어머니는 그날의 종소리를 떠올리곤 했다. 어머니의 영향으로 어릴 때부터 교회에 나갔다. 교회에서는 내가 하도 잘 웃는다고 해서 '웃세'라고 불렀다. 목사님은 밝게 웃던 나를 귀여워했다.

어릴 때부터 키가 굉장히 작은 편이었다. 학교와 교회 모두 집에서 6킬로미터 정도 떨어진 거리에 있었는데 가는 길에 공동묘지를 3개나 거쳐야 하는 먼길인데다 포장도 안된 자갈길이라 1

마음을 치료하는 의사

시간 반 정도를 걸어야 간신히 갈 수 있었다.

그때만 해도 운동화는 물론 제대로 된 신발도 없었다. 짚으로 만든 신발을 주로 신었는데 학교나 교회에 한번 다녀오면 짚이 다 닳아 더 이상 신지 못할 정도였다.

월요일부터 토요일까지는 학교에 다니고 일요일에는 교회에 다녔으니 1년 365일 하루도 빠짐없이 매일 편도 6킬로, 왕복 12킬로를 걸어 다녔다. 평생 특별한 잔병치레하지 않고 건강하게 살아갈 수 있었던 것은 어린 시절 쌓아 둔 체력 덕분인 듯하다.

어머니로부터 느꼈던 신앙의 힘

교회 가는 길은 마치 고된 훈련과도 같았다. 어머니는 내게 교회에 가라고 강요한 적이 한번도 없었지만 주일이면 당연히 교회에 나가야 하는 것으로 생각했다.

어느 추운 겨울날 초등학생이었던 나는 처음으로 어머니에게 거짓말을 했다. 교회에 가기 싫어 배가 아프다며 투정을 부린 것이다.

"그럼 누워서 쉬어라."

어머니는 아무 일 아니라는 듯 담담하게 말씀하시곤 그냥 나가버리셨다. 따뜻한 방에 누워 있는데 마음이 편치 않았다. 곧 옷을 입고 어머니를 따라 교회로 갔다. 나는 어머니에게 들키지 않게 뒤쪽에 숨어서 조용히 예배를 드린 뒤 바로 집으로 돌아왔다. 교회에서 돌아온 어머니는 나를 보며 이렇게 말했다.

"종철아, 너는 예수님을 떠나서는 살 수 없단다. 엄마는 그것을 알아. 네게 신앙을 가지라고 강요하지는 않지만 스스로 거듭나는 사람이 될 줄로 믿는다."

어머니의 신앙지도는 내게 큰 힘이 됐다. 어머니는 시골에서 학교도 제대로 다니지 못해서 글자 한 자도 못 썼는데 교회에 다니면서 성경을 잃고 찬송을 하기 위해 한글을 배웠다. 그 덕분에 혼자서 악보를 보고 편지를 쓰고 성경도 읽고 찬송가도 부를 수 있게 됐다. 어머니는 교회를 통해서 세상 보는 눈을 얻게 된 셈이었다.

"예수를 믿으려면
저 양반처럼 믿어야지"

어려운 사람 보면 지나치는 법이 없어

어머니는 길 가는 사람이 오면 그냥 돌려보내는 법이 없었다. 우리 집은 도롯가에 있는 넓은 마당이 있는 집이었는데 마당으로 들어오면 밥을 먹었느냐고 묻지도 않고 밥을 차려주었다. 밥이 없으면 우리가 먹던 밥을 내주기도 했다.

"너희들은 이제 그만 먹고 방에 들어가거라."

먹던 밥이라도 한쪽을 긁어내고 솥에다 넣은 후 야채 같은 것을 넣어서 죽을 만들어서 한 바가지씩 퍼주었다.

동네에 굶는 사람이 있다는 것을 알고 봉투에 쌀을 싸서 새벽마다 담 너머로 던져주고 오기도 했다.

돈이 없어서 학교에 다니지 못하는 사람이 있으면 몰래 돈을 대주기도 했다. 우리 어머니가 돈을 대줘서 신학교를 다닌 사람이 20명에 가깝다.

나도 의사가 되고 돈을 벌기 시작하면서 조그만 규모로 교회에 장학금을 만들어서 어려운 학생들을 도와줬는데 그런 일들은 모두 어릴 때 지켜봤던 어머니의 흉내를 조금 낸 것이다. 그 어려운 시절에 어머니가 하셨던 것과는 감히 비교도 할 수 없는 일이지만.

쌀 도둑과의 대화

어머니는 평생 새벽기도를 열심히 하셨다. 새벽기도를 하다 보면 가끔 인기척을 느껴서 놀라기도 했는데 알고 보니 도둑이 몰래 집에 들어와서 쌀독에서 쌀을 훔쳐가는 것이었다. 한두 번이 아니었다.

어머니는 새벽기도를 하느라 깨어 있었기 때문에 그 소리의 주인공이 누구인지 알고 있었지만 결코 말을 하지 않았다.

오히려 그런 일을 몇 번 겪고 나선 도둑들이 쌀을 찾느라 고생(?)하지 않도록 광 입구 쪽에 아예 쌀을 빼놓기도 했다. 한번은 쌀을 금방 못 찾는지 오래 달그락거려서 새벽기도를 하다가 나직한 목소리로 말했다.

"쌀 찾느라 고생하지 말고 끝에 있으니 가져가세요."
"아이고, 미안해서 못 가져가겠네. 조금만 가져갈게요."

그러면 쌀 도둑은 미안해하면서도 고마움을 표했다. 큰 부자는 아니었지만 농사도 많이 짓고 아버지가 면에서 월급을 받는 직장생활을 하고 있었기 때문에 당시 시골 사람들의 평균 소득에 비하면 수입이 괜찮은 편이었다.

내가 사회생활을 하고 돈을 벌면서 이런 저런 봉사활동에 참여하면서 어렵고 가난한 사람들에게 조금이라도 관심을 갖고 살고 있는 것은 모두 어머니의 영향이다.

어머니는 시골 노인이었지만 마을 사람들로부터 송덕비를 세워줘야 한다고 할 정도로 존경을 받았으며 기독교 신자로도 많은 사람들에게 귀감이 되었다.

"예수를 믿으려면 저 양반처럼 믿어야 해."

당시 마을 사람들 중에 교회에 나가는 사람이 거의 없었지만 어머니의 모습을 보고 교회에 대해서 새롭게 인식을 하게 된 사람들도 있었다.

첫 실패, 첫 방황

사범학교 입학의 기회를 잡다

초등학교 6학년 때 해방이 되고 곧 이어 11월에 중학교 입학 시험이 있었다. 일제의 탄압 속에서도 열심히 공부했던 내게 담임 선생님은 사범학교 시험을 보는 게 어떻겠느냐고 권유했다. 선생님의 말에 친구들은 모두 나를 부러워했다.

사범학교 시험은 전교생 가운데 3명만 응시할 수 있었다. 나는 학교에서 공부를 제일 잘했기 때문에 나를 포함해서 전교 1, 2, 3 등을 뽑아서 사범학교 시험을 치를 수 있도록 추천해 주었다.

당시만 해도 사범학교는 학비가 무료인데다 학교를 졸업하면 바로 교사가 될 수 있어서 공부 잘하는 학생들만 갈 수 있는 최고의 인기 학교였다.

농촌을 떠나 견문을 넓힐 수 있는 좋은 기회라고 생각했다. 사범학교 시험을 치르느라 그때 처음으로 고향을 벗어났으며 전주를 구경한 것도 그날이 처음이었다.

합격은 따 놓은 당상

"종철이는 나중에 커서 훌륭한 학교 선생님이 될 거야. 암, 그렇지."

시험 전날 마을 사람들은 나의 합격을 따 놓은 당상처럼 생각하고 미리 축하를 해줄 정도였다. 으쓱해진 나는 당연히 시험에 합격할 것이라는 자신감에 차 있었다. 그러나 그중에서 단 한 사람만은 그런 나를 믿어주지 않았다. 바로 어머니였다.

시험은 어렵지 않았다. 쉽게 문제를 풀고 여유 있게 시험장을 나왔다. 집으로 돌아와 편한 마음으로 결과를 기다리고 있었다. 하지만 합격자 발표날 나를 포함한 모든 사람들의 예상과 정반대의 결과가 나왔다. 3등했던 친구만 합격을 하고 1등과 2등은 모두 탈락하고 말았다.

주위 사람들의 시선이 그렇게까지 따가울 줄은 미처 몰랐다. 실망감에 사로잡혀 어머니가 걱정하는 것도 잊은 채 가출한다고 집을 나가기도 했다.

만약 그때 그 시험에서 합격했다면 지금의 인생과는 크게 다른 삶을 살게 됐을지도 모른다. 의사 대신 교단에 서서 학생들을 가르치면서 살았을 것이다.

사범학교 시험에 떨어졌지만 이후 치른 전주북중학교 시험에 합격함으로써 정읍을 떠나 전주에서 학교를 다니게 되었다. 전주북중학교는 지금의 전주고로 당시에는 중학교와 고등학교를 합친 6년 과정의 학교였다.

혼란의 시절

인민군의 등장

해방 이후부터 한국전쟁이 발발하기 전까지의 몇 년 간은 극심한 이념 대립의 시대였다. 신탁통치를 찬성하는 찬탁과 이를 반대하는 반탁의 대립으로 나라 전체가 혼란스러웠다. 학교에서도 동맹휴학을 하는 등 정신없는 나날이 이어졌다.

전주북중 시절 나는 나는 마르크스와 레닌의 책들을 읽으면서 공산주의 이념에 깊이 빠져있었다. 당시 젊은 학생이라면 아마 한 번쯤 이런 생각을 가졌을 것이다.

한국전쟁이 발발하면서 인민군들이 내가 살고 있던 전북 지방까지 내려왔다. 책으로만 읽던 공산주의자들의 모습을 실제로 볼 수 있는 첫 기회여서 궁금하기도 했다. 하지만 인민군의 등장은 내가 그동안 책을 통해서 배워왔던 공산주의자에 대한 막연한 기대를 산산이 부수어 놓았다.

우리 집은 마을 일대에서 유일한 기독교 집안이었는데 인민군이 마을에 진입하자마자 가장 먼저 우리 집으로 들이닥쳤다. 집안 살림살이며 마당에 놓여 있던 자전거며 돈이 되는 것은 다 가져가고 마루 밑에 있던 개까지 총으로 쏴 죽이고 난 후 아버지와 어머니를 붙잡아갔다.

자고 일어나서 집밖으로 나가보니 개천 다리 아래 시체가 10여 구 쌓여 있었다. 새끼줄로 묶어서 총 세 발로 사람 여섯을 죽인 것이었다. 우리 동네 64가구가 있는데 하루 동안만 열 집 주인이 죽었다.

그렇게 그 다음날, 또 그 다음날도 새끼줄로 사람들을 묶어서 죽였다. 동네에서 조금 잘사는 사람이라고 하면 모두 붙잡아서 감옥에 가둬놓고 차례로 죽였다.

처형 직전에서 살아나다

우리 부모님도 인민군에게 끌려가 감옥에 갇혀 있었는데 다음날 총살시킬 것이라는 소리가 들렸다. 우리 모두 걱정스러운 마음에 어떻게 해야 좋을지 몰라 발만 동동 구르고 있었다.

하지만 아버지와 어머니가 처형되기 직전 기적 같은 일이 일어났다. 우리 지역을 총괄하는 인민군 치안대장의 어머니가 아들에게 달려가 울부짖으며 저 사람들을 죽이지 말라고 애원을 한 것이었다.

"이 놈아 이 분들을 죽이려면 나 먼저 죽이고 나서 죽이거라."

인민군 치안대장 어머니는 아들의 바짓가랑이를 잡고 오열을 했다.

"네가 산에 가서 빨치산 노릇하느라 엄마가 거의 굶어죽을 뻔했을 때 내가 누구 덕분에 산 줄 아느냐? 이놈아! 다 이 양반들 때문에 살았다. 은혜를 이렇게 갚으면 되겠느냐."

어머니는 매일 새벽 조그만 주머니에 쌀을 넣어서 가난한 사람들이 사는 집 담 너머로 던져 주고 갔는데 인민군 치안대장의 집도 그런 집들 중 하나였던 모양이다.

마음을 치료하는 의사

그 덕분에 아버지와 어머니는 구사일생으로 무사히 풀려날 수 있었다. 책을 통해서 공산주의 사상에 **빠졌던** 나는 인민군들의 만행을 눈앞에서 직접 목격하고 나서 이건 아니다 싶었다. 공산주의 책들을 다 갖다 버리고 공산주의 사상들도 머릿속에서 다 지워버렸다.

이렇게 죽으나 저렇게 죽으나

작은 키 덕분에 목숨을 부지하다

아마 어디론가 가는 길이었던 것 같다. 길 한복판에서 갑작스럽게 인민군에게 붙잡혔다. 길을 가는 사람들을 잡아다가 쭉 줄을 세워놓고 조사해서 조금이라도 이상이 있으면 벽에 세워놓고 그냥 총으로 쏴서 죽이던 시절이었다.

붙잡혀 온 사람들과 함께 초조한 마음으로 서 있었다. 자칫하면 목숨을 잃을지도 모르는 일촉즉발의 상황이었다. 그때 인민군 한 사람이 나를 보고 소리쳤다.

"야, 꼬마야, 너 왜 거기 서 있어? 저리 비켜, 인마."

부모님의 주신 작은 키가 내 목숨을 살려준 것이나 마찬가지였다. 죽음의 순간에서 극적으로 빠져나올 수 있었다. 그렇게 간신히 살아남은 직후 학교에서는 학도병을 모집한다는 소리가 들렸다. 우리 학년만 1천 명 가량 됐는데 4백여 명이 학도병으로 자원을 했다. 나 역시 학도병에 지원했다.

"그래, 이렇게 죽으나, 저렇게 죽으나 마찬가지지."

7사단, 8연대 소속이었던 것으로 기억하고 있다. 공비 토벌로 유명했던 최영희가 사단장, 훗날 월북했던 최덕신이 당시 연대장이었다.

사선(死線)에 서다

제대로 먹지도 씻지도 못했던 군 생활은 형편없었다. 온몸에 이와 서캐가 득실거렸고 밤낮을 가리지 않고 여기저기서 들리는 폭음 때문에 잠을 이루기도 힘들었다.

교회 성가대에서 함께 봉사했던 한 친구가 밤이면 나를 불렀다. 그 친구는 기도를 하자며 내 손목을 잡고 이끌었다. 우리는 전쟁 통에도 하늘을 이불 삼고 땅을 베개 삼아 나란히 누워서 별을 보며 소원을 말했다.

"하나님 여기서 꼭 살아 돌아가게 해주세요. 살아서만 갈 수 있다면 무슨 일이든 하겠습니다."

그만큼 두려움이 컸다. 간절한 기도의 덕분이었을까. 전세가 바뀌면서 우리는 계속 북진을 하게 됐다. 9.28 서울수복 때 우리 부대는 조치원까지 진주했다. 그 무렵 이승만 대통령의 특별지시가 내려왔다.

"이제 학생은 학교로 돌아가도 좋습니다."

전쟁 상황이 조금 나아지자 이제 학생들을 학교로 되돌려 보내기로 한 것이었다. 다만 학도병들 가운데 학교를 계속 다닐 사람은 학교로 복귀하고 현직 군인으로 남기를 원하는 사람은 소위로 임관을 시키겠다고 했다.

얼마나 기쁜 소식인가. 당시 교복 입고 가방을 들고 다니는

마음을 치료하는 의사

학생들처럼 부러운 존재도 없었다. 나는 살아야겠다는 생각에 당장 학교로 복귀했다.

모든 학도병들이 학교로 돌아간 것은 아니었다. 아마 학도병 가운데 절반 정도는 학교로 돌아가고 나머지 절반은 현지에서 교육받고 소위로 임관했던 것 같다.

나는 다시 학교로 돌아와서 복교를 준비했다. 내가 복교하던 날 소위로 임관한 친구들은 속초까지 진군을 했다고 한다. 하지만 곧 이어 안타까운 소식이 전해졌다. 그들은 속초 전투에서 모두 전사하고 단 한 사람만 살아남았다.

학도병으로 힘겨웠던 기억은 그렇게 잊혀졌다. 그러나 고교 졸업식날 학교 운동장에서 통곡했던 기억은 쉽게 잊지 못한다. 나와 함께 입학했던 1천 명의 동기생들 가운데 졸업식에 참석한 학생들은 6백30명 뿐이었다. 나머지 학생들은 학도병으로 지원했다가 모두 죽었다. 통곡의 운동장에서 하나님을 간절히 불렀다.

한국전쟁이 만들어준 문학도의 꿈

피난통에 만나게 된 스승들

한국전쟁은 내 인생에 큰 전환점이 된 사건이다. 우리 민족에게 큰 불행을 가져다준 가슴 아픈 역사였지만 다른 한편으로 나 같은 시골 소년에게는 새로운 문물을 받아들일 수 있는 특별한 시간이었다.

한국전쟁이 터지고 난 후 서울에서 수많은 지식인들이 남쪽으로 피난을 내려왔다. 전주도 예외는 아니었다. 서정주, 김동리, 신석정, 손소희 그런 유명한 문인들이 전주로 내려와서 학생들을 가르쳤다.

평소 같으면 감히 범접하지 못했을 훌륭한 선생님들을 가까운 곳에서 집접 뵙고 가르침을 받았다는 것은 특별한 행운이었

마음을 치료하는 의사

다. 선생님들은 2년 정도 피난 생활을 하다가 다시 서울로 올라가셨다.

종교적인 면에서 나에게 가장 많은 영향을 많이 준 분은 유동식 선생님이었다. 감리교신학대학과 연세대 신학대학 교수를 하셨던 분으로 한국전쟁 때 전주로 피난 내려와서 내가 다니던 교회에 나오셨다.

유동식 선생은 바닥에 사과 궤짝을 뒤집어 놓고 요한복음을 강해했다. 추운 겨울이면 어디선가 소주 한 병을 가져와 양재기에 부어놓고는 그것을 한 모금씩 나눠 마시게 했다. 그러고나면 얼었던 몸이 조금 녹으면서 몸에도 온기가 돌았다. 그러면서 성경 강의를 진행했다. 내가 가진 성경에 대한 기본적인 이해는 바로 그 겨울 유동식 선생님으로부터 시작됐다.

문학적인 면에서는 서울대 불문학과 주임교수를 하셨던 손우성 선생님으로부터 영향을 많이 받았다.

"너, 나중에 꼭 우리 학교 오거라."

손 선생님은 나를 보면 입버릇처럼 그렇게 말씀하셨다. 내가 문학, 그 중에서도 불문학에 관심을 많이 갖게 된 것은 손우성 선생님 덕분이다. 하지만 고등학교를 졸업할 무렵 선생님이 성균관대학으로 자리를 옮기시는 바람에 서울대에 진학해서 손 선생님으로부터 불문학을 배워보겠다는 꿈도 시들해져 버렸다.

서정주 선생의 각별한 사랑

미당 서정주 선생은 우리 학교의 국어 선생님이면서 우리 반 담임까지 맡을 정도로 나와 인연이 깊었다. 당대 최고의 시인으로부터 국어 수업을 듣게 되는 특별한 경험을 했다. 미당 선생으로부터 받은 문학의 세례 속에서 나는 자연스럽게 문학도를 꿈꾸게 됐다.

내가 문학에 관심이 많다는 것을 알고는 산에 데리고 다니면서 시 이야기도 해 주시고 동인 시집을 만드는 것을 도와주시기도 했다. 서정주 선생님을 통해서 문학에 대한 막연한 동경이 생겨났다.

서정주 선생님 댁에 가서 밥을 얻어 먹었던 기억, 선생님을 도와서 아래 학년 후배들의 시험지 채점도 해주었던 기억도 난다. 서정주 선생님의 댁을 방문할 때면 가끔 사모님께서 가야금을

타고 계셨는데 그 모습이 마치 한 폭의 수채화를 연상하게 할 정
도로 아름다웠다.

　서정주 선생님 부부를 보면서 막연하게나마 부부로서 이상향
같은 것을 느꼈다. 나도 결혼을 하게 되면 그렇게 살고 싶다는
생각도 했다.

공대 갈 바에는 차라리 의대를

내 꿈과 부모님의 기대 사이

"너는 무조건 공대에 진학해야 한다."

대학 진학을 앞두고 진로에 대한 고민이 깊었다. 아버지는 내가 공학도가 되길 원했다. 당시만 해도 섬유공학과의 인기가 높아서 아버지는 내심 내가 공대에 진학했으면 하는 마음이었다.

아버지의 현실적인 조언을 완전히 무시할 수 없었지만 내 성향상 공과대학은 나와 맞지 않았다. 나는 오히려 문학에 관심이 더 많았지만 부모님께 말도 꺼내지 못했다.

내 꿈과 부모님의 기대 사이에서 고민하던 어느 날 일본어로 번역된 소설 한 편을 읽고 새로운 진로를 발견하게 됐다. 내 운명을 바꾸어 놓았던 책은 독일의 의사이자 시인, 소설가였던 한스 카로사(Hans Carossa)가 쓴 〈의사 기온(Der Arzt Gion)〉이라는 소설이었다.

책을 너무나 재미있게 읽고 나서 책 맨 뒤에 적힌 작가 소개를 보니 의사라고 되어 있었다.

'아, 의사도 이렇게 글을 잘 쓰고 문학도 할 수 있구나.'

내 꿈과 부모의 기대 사이에서 얻을 수 있는 적절한 절충이 될 수 있다고 생각했다.

'그래, 문학을 못한다면 차라리 의사가 되어야겠다.'

세브란스와의 인연

의대로 진학을 하기로 마음을 먹고 떠오른 학교는 바로 지금의 연세대 의대인 세브란스 의대였다. 의대 진학을 희망하는 친구들 중 대부분은 서울대 의대나 전남대 의대를 염두에 두고 있었는데 나는 특별하게 세브란스 의대를 원했다.

세브란스 의대는 당시 인원도 아주 적게 뽑았고 학비도 비싼데다 학사 과정도 매우 어렵다고 알려져 있었다. 내가 세브란스 의대를 선택했던 것은 어린 시절 동네에서 봐왔던 한 분의 의사 선생님 때문이었다.

어느 날 이웃에 살던 한 아저씨가 나를 급하게 불렀다.

"종철아, 의사 선생님 좀 모시고 오너라. 할머니가 또 넘어져서 다 죽어간다."

이웃집 할머니가 또 위독하단다. 할머니는 벌써 몇 번이나 죽을 고비를 넘겼다. 다급한 아저씨의 말에 곧장 마을 중앙회관에 있는 병원으로 달려갔다. 간판도 없이 운영되는 병원. 그곳에서 단 한 분의 의사 선생님이 우리 마을 사람들의 건강을 지켰다.

그날도 선생님의 모습은 단아했다. 항상 그랬던 것처럼 하얗고 깨끗한 가운을 입은 선생님이 성경책을 보고 있었다. 아무리 심하게 앓는 사람이라도 선생님의 손길이 닿으면 금방 나았다.

마음을 치료하는 의사

"선생님 옆집 할머니가 위독해요. 빨리 가요."

선생님의 손을 끌면서 말했다. 선생님은 황급히 가방을 챙긴 후 나의 손을 잡고 곧장 할머니에게로 달려갔다. 할머니 옆에 앉은 선생님은 두 손을 맞잡고 기도부터 했다.

"하나님 할머니의 건강을 지켜주시옵소서. 하루빨리 완쾌될 수 있도록 도와주소서."

정성껏 할머니를 간호하는 선생님의 모습을 보면서 한 가지 꿈을 갖게 됐다.

'저렇게 어려운 사람들을 위해 봉사하는 사람은 어떨까.'

그 의사 선생님은 돈이 없는 사람은 없는 대로 치료를 해주었다. 무료로 치료를 받은 사람들은 나중에 채소, 쌀 등으로 빚을 갚기도 했다. 의료혜택이 전혀 없는 곳에서 농민들을 대상으로 인술을 펴는 그 선생님을 마을 사람들은 좋아했다. 어머니도 그

의사 선생님을 예수님 다음으로 존경하는 분이라고 항상 말했다.

선생님은 세브란스 의대 출신이었다. 선생님의 그러한 삶의 모습이 내가 의대를 지원하는데 결정적인 역할을 했는지 모른다. 낮은 곳에서 사람들을 위해 봉사하는 모습. 바로 내가 원했던 삶의 모습과 무척 닮아 있었다.

예상치 못했던 소식

100리 길을 밤새 걸어가다

세브란스 의대 시험은 생각보다 무척 어려웠다. 초등학교를 졸업하고 사범학교 시험을 치던 생각이 났다. 그때는 시험이 너무 쉬워서 잘 쳤다고 자신만만하면서 시험장을 나왔다가 떨어지는 바람에 망신을 산 적이 있었다.

내 생각과 달리 함께 시험을 쳤던 다른 친구들은 시험이 쉬웠다면서 밝은 표정으로 시험장을 떠났다.

'아, 안 되겠구나.'

나는 시험장을 나서며 불합격을 예감했다. 시험에 떨어졌다는 생각에 아예 합격자 발표를 확인할 생각도 하지 않았다. 그저 집에 처박혀서 낚시나 하면서 울적한 마음을 달랬다. 자포자기의 마음이었다.

'안되면 농사나 짓고 살지 뭐.'

그러던 어느 날 우리 집 앞으로 자전거를 타고 가던 친구가 나를 보더니 소리쳤다.

"종철아! 축하한다. 내일이 등록 마감이라는데 등록금은 마련했어?"
"그게 무슨 소리야?"

나는 예상치 못한 소리에 깜짝 놀라서 자초지종을 물었다.

"야, 우리 학교에서 너 하나 됐다고 하던데. 등록이 아마 오늘인지, 내일인지 그런 것 같던데. 알고 있어?"

마음을 치료하는 의사

"아니, 몰라."

"빨리 가봐, 인마."

우리 학교에서 79명이 세브란스 의대 시험을 쳤는데 그 중에서 나 혼자 합격하고 모두 떨어졌다는 얘기였다. 정읍에서 전주까지 100리 길인데 밤새 걸어서 학교에 나가 합격 사실을 확인했다.

"등록은 했니?"

"아직 못했습니다."

"내일이 마감인데 큰일이네."

하숙집 아저씨의 도움

합격의 기쁨을 누릴 겨를도 없었다. 당장 내일이 등록 마감일인데 어떻게 등록금을 마련해야 할지 막막하기만 했다. 갖고 있는 돈이 한 푼도 없었다.

하숙집 아저씨에게 얘기를 꺼냈더니 아저씨는 마치 자기 일처럼 같이 고민을 해주었다. 밤새 어딘가 돈을 알아보러 다니더니 아침에 등록금을 내 손에 쥐어주면서 빨리 기차타고 등록을 하러 가라고 등을 떠밀었다.

하숙집 주인은 중학교 1학년 때부터 고등학교를 졸업할 때까지 6년 동안이나 밥을 해주시며 부모님과 떨어져 생활하던 나를 자식처럼 늘 사랑으로 대해주신 분이었다. 몇 달씩 방세도 못 내고 있는 형편이었지만 나를 믿고 돈을 빌려주었다. 참으로 고마운 분이다.

고마움을 표할 겨를도 없이 나는 당장 기차역으로 달려갔다. 전쟁 중이라 세브란스 의대는 부산 영도에 임시 피난학교를 운영하고 있었다. 전주에서 기차를 타고 여수로 간 다음, 여수에서 다시 배를 타고 거제도를 거쳐서 간신히 부산에 도착했다.

마음을 치료하는 의사

작은 예수들의 소리 없는 도움

굳게 닫힌 문 앞에서 울다

우여곡절 끝에 부산 영도의 세브란스 의대 캠퍼스 앞에 도착했지만 이미 시간이 지나 등록은 마감된 상태였다. 교무처의 문은 굳게 잠겨 있었고 겨울의 바닷바람은 매서웠다. 너무 허무하고 허탈해 운동장 바닥에 주저앉아 하나님을 원망하며 혼자 울었다.

"어떻게 마련한 등록금인데, 어떻게 여기까지 왔는데, 저에게 왜 이런 시련을 주십니까."

그러고 있는데 나이 많은 노인 한 분이 지나가다 울고 있는 나를 보고 말을 걸어왔다.

"넌 왜 여기서 울고 있니?"
"어렵게 등록금을 마련해서 여기까지 왔는데 등록도 못하고 돌아가야 할 처지입니다."

나는 마치 하소연을 하듯이 그 노인에게 말했다. 노인은 내 이름을 묻더니 이름을 이야기하자 대뜸 아는 척을 했다.

"자네가 박 군인가?"

길에서 우연히 만났던 분은 김윤경 선생이었다. 최현배 선생과 함께 한글학자로 유명하셨던 분으로 당시 세브란스 의대 대학원장을 하다가 백낙준 총장이 문교부 장관으로 가는 바람에 총장 대행을 하고 있었다.
내 이름을 기억하고 있었던 이유가 있었다. 다른 과목 점수는 형편없었지만 유독 국어 점수가 좋아서 눈여겨봤다는 것이었다. 그러고는 총장 직권으로 추가등록을 허락해주었다.

"합격을 축하하네."

합격이라는 말에 나는 몇 번이고 고객 숙여 감사의 인사를 드렸다. 김윤경 총장은 내 국어 점수에 관심을 보이면서 국문학과로 오면 장학금을 주겠다는 제안까지 했지만 나는 의대를 고집했다.

길에서 총장을 만나 추가 합격의 행운까지 얻다니! 참으로 하나님의 도움이 없이는 일어나기 힘든 일이다. 만약 그날 그 자리에서 그분을 만나지 못했더라면 아마 나의 인생도 크게 바뀌었을 것이다.

이처럼 이름 모를 작은 예수들이 소리 없이 내게 다가와 큰 힘이 되어 주었다. 우연히 만난 친구가 전해준 합격 소식, 하숙집 주인이 마련해준 등록금. 그리고 김윤경 총장과의 만남. 이 모든 것이 하나님의 은혜였다는 생각이다.

춥고 배고팠던 그해 겨울

친한 친구의 애원

간신히 대학 등록을 마치고 돌아온 후 아르바이트 자리를 알아보기 위해 이곳저곳을 찾아다녔다. 그러나 마땅한 일자리가 없었다. 집에서 용돈으로 쓰라며 보내준 돈으로 근근이 생활을 이어나갔다.

먹고 싶은 것을 마음대로 사 먹지는 못했지만 굶지 않은 것을 다행으로 여겼다. 등록을 마치고 며칠이 지난 어느 날 밤 친한 고등학교 친구 하나가 술이 잔뜩 취한 채 나를 찾아왔다.

의과대학 시험을 같이 쳤다가 떨어지고 보결로 시험을 쳐서 신학과에 합격한 친구였다. 한 번도 흐트러진 모습을 보인 적이 없는 친구였다. 그는 내게 주절주절 이상한 말을 했다.

"천벌을 받을 놈들. 어떻게 이럴 수가 있어."

나는 무슨 일인지 궁금해 그 친구에게 이유를 물었다. 그러자 그는 대뜸 내게 부탁을 했다.

"종철아 돈 가진 것 있으면 좀 빌려다오."

내가 어떻게 생활하는지 뻔히 아는 그가 그런 말을 하다니 이해가 되지 않았다.

"나한테 무슨 돈이 있겠어. 대학 등록금도 하숙집 주인의 도움으로 간신히 냈는데."

그러나 그는 애원하다시피 다시 말했다.

"실은 추가 모집에 합격했는데 등록하러 가는 길에 소매치기를 당했어. 그 돈이 어떤 돈인지 너도 잘 알잖아. 부모님이 얼마나 심한 모욕을 당하면서 그 등록금을 마련했는데. 돈 잃어버렸다고 어떻게 집에 말하겠니. 종철아 나 좀 도와줘."

내가 가진 돈이라고는 앞으로 몇 달 간 살아갈 생활비가 전부
였다. 어려움에 처한 친구를 외면할 수 없어서 갖고 있던 돈을
모두 내주었다. 그는 "고맙다. 꼭 갚을게."하며 안도의 한숨을
내쉬었다.

아사(餓死) 직전에서 깨어나다

이제 어떻게 생활해야 하나. 빈딜터리기 되니 너무 추웠다
하루 이틀은 안 먹고도 잘 견뎠다. 그러나 추위와 배고픔에 시달
리던 나는 결국 쓰러지고 말았다.

방안에 누워 '혹시 학교도 못 가보고 굶어죽는 것은 아닐까'하
는 엉뚱한 상상을 하기도 했다. 배가 고파서 마치 방안이 빙글빙
글 도는 것처럼 느껴졌다. 누워서 눈을 감고 기도했다.

"하나님 이 순간 내게 만나를 줄 사람은 없나요."

그때 귀에 익은 친구의 목소리가 들렸다.

마음을 치료하는 의사

"나 여기 있어."

나는 모기만한 소리로 간신히 대답했다. 친구는 방문을 열고 거의 얼어붙어 있는 내 모습을 보더니 "나 때문에 네가 굶어 죽어가고 있었구나."라며 죄책감에 눈물을 흘렸다. 그리고 따뜻한 밥을 지어 먹여줬다.

그러나 밥 한 숟가락이 들어가자 몸 안에 있던 모든 것들이 그대로 쏟아졌다. 장이 뒤틀리며 모두 토해낸 것이다. 힘이 빠지면서 정신을 잃고 말았다. 이렇게 죽는구나 싶었다.

시간이 얼마나 흘렀을까. 눈을 뜨니 친구가 환하게 웃고 있었다. "내 실수야. 며칠이나 굶은 네게 밥을 먹이다니"하면서 흰 죽을 내밀었다. 우리의 우정은 방안의 한기를 녹였다. 나는 진심으로 미안해하는 친구를 위로했다.

"너무 미안해 하지마. 네가 나를 살렸잖아."

접을 뻔했던 의사의 꿈

턱 없이 부족한 학점

전쟁 중 부산의 피난 학교에서 예과 1년을 다니고 2학년에 올라갈 때쯤 서울수복이 이루어지면서 드디어 서울로 올라올 수 있었다. 전쟁은 아직 끝나지 않았지만 그래도 서울은 많이 안정되어 있었다. 예과 2년을 모두 마치고 본과를 가야 하는 시점이었는데 생각지 못한 문제가 생겼다.

의과 진학에 필요한 학점이 부족해서 본과에 올라갈 수 없게 된 것이었다. 그때만 해도 문학에 대한 미련이 많이 남아 있어서 나는 문과대 건물에 살다시피 하면서 불문학과 인류문화사 과목을 많이 수강했고 일부 강의는 도강을 해서라도 들을 정도로 남다른 열정을 갖고 있었다.

그러다보니 자연스럽게 수학이나 과학, 기하 같은 의과 진학에 필요한 과목의 학점이 부족했고 그 이유로 학과장은 본과 진학을 위한 추천서를 써줄 수가 없다고 완강한 표정으로 말했다.

　가슴이 철렁 내려앉으며 내 꿈이 산산조각 나는 것 같았다. 나의 딱한 사정을 안타깝게 여겼는지 예과 과장으로 계시던 이영우 교수가 나를 부르더니 본과의 김명선 학장에게 직접 데리고 갔다.

　"이 학생입니다."

　이영우 선생이 자초지종을 설명하는 도중에 나도 한마디 덧붙였다.

　"박사님, 의사가 되는 길을 열어주신다면 열심히 해보겠습니다. 도와주십시오."

　김명선 선생은 내 성적표를 한참 동안 훑어보더니 표정이 밝아지면서 옅은 미소를 띠었다.

"음, 문학 공부도 많이 하고 학점도 충분하군. 의사가 되기 위해서 더 좋은 공부했구먼. 수학보다야 문화사가 더 낫지. 등록하도록 해!"

예과에서는 추천서를 써주지 않았지만 의과대학 학장이 나를 받아주겠다고 하는 바람에 극적으로 예과를 수료할 수 있었다. 대학 등록 때부터 의과 진학까지 내 스스로의 능력보다는 보이지 않는 곳에서 너무나 큰 도움을 받았다.

이름 모를 외국인에게서 받은 장학금
"너, 이번 학기에 공부 잘 해야지, 안 그러면 퇴학당한다. 문학이니 뭐니 한다고 그러지 말고 열심히 공부해."

특별 배려로 어렵게 등록을 하고 난 후 김명선 학장은 나를 따로 불러 신신당부를 했다. 나는 선생님께 보답하는 마음으로 열심히 공부했고 다행히 좋은 성적으로 한 학기를 마칠 수 있었다. 1학기를 마치자 김명선 학장이 다시 나를 불렀다.

"이번 학기 공부 열심히 했구나. 미국에 있는 내가 아는 친구가 한국 학생에게 등록금 도와주라고 돈을 보내줬는데 이 돈으로 다음 학기 등록하도록 해라."

퇴학을 당하지 않고 남아서 공부까지 할 수 있게 된 것도 너무 고마운 일인데 얼굴도 모르는 미국 사람에게 장학금까지 받게 됐으니 기분이 너무 좋았다. 선생님은 장학금에 대한 감사 표시로 간단히 편지를 보내라고 했다. 영어도 잘 못하는데 사전 찾아가면서 어렵게 편지를 써서 보냈다. 다시 한 학기를 보내고 다음 학기를 시작할 즈음 선생님이 또 나를 불렀다.

"그 분이 이번에도 장학금을 보냈구나."
"집에서 돈이 와서 벌써 등록을 했는데요."
"그래? 그러면 어려운 다른 친구하고 나눠서 용돈으로 쓰도록 해라."

나는 어려운 친구에게 반을 주고 그 친구와 함께 또 미국에 감사의 편지를 보냈다. 그랬더니 장학금을 보내줬던 미국인이 더 감동을 받아서 김명선 선생에게 편지를 보내왔다. 자기가 받은 장학금을 어려운 친구하고 나눠 쓰다니 이렇게 대견한 학생이 있느냐고 감탄하면서 그 다음에는 두 사람 장학금을 보내겠다고 연락이 온 것이다.

그 덕분에 다음 학기도 장학금을 받을 수 있었다. 특별한 생각 없이 한 행동이었지만 나눔이 더 크게 돌아올 수도 있음을 느끼게 해 준 소중한 경험이었다.

마음을 치료하는 의사

세브란스 신경정신과 1호
전문의가 되다

국회의원 출마를 준비하는 군인들

대학을 졸업하고 중위로 임관해서 군의관으로 인턴 생활을 시작했다. 당시만 해도 전쟁이 끝난 지 얼마 되지 않아 군대도, 사회도 어수선하던 시절이었다. 의사가 모자라다보니 군의관으로 군 복무를 시작했지만 이런 저런 이유로 쉽게 전역이 허용되지 않았다.

원래는 군 복무를 마치고 미국으로 유학을 떠날 생각이었는데 군대에 묶여 있다 보니 유학의 길도 점점 멀어져가고 있었다. 동기 졸업생 중에 절반 정도가 미국 유학을 떠났으니 아쉬울 수밖에 없었다.

나보다 나이가 많은 동기들은 한국전쟁 때 대부분 군대를 다녀왔기 때문에 다시 군대를 가지 않아도 됐다. 사실, 나도 전주 북중 시절 학도병으로 참전한 경험이 있기 때문에 군 생활을 잠깐 했지만 그것을 인정받지는 못했다.

나중에 알아보니 국방부에서 추적을 하면 지금도 학도병 복무를 인정받을 수 있다고 하는데 안 하고 있을 뿐이다.

당시 군 복무를 하고 있던 선배들 중 몇몇은 편법을 써서 일찍 예편하는 경우가 있었는데 그 방법은 바로 국회의원 선거에 출마하는 것이었다. 출마를 위해 등록한다고 서류를 내면 예편이 허락됐다. 물론 진짜 선거에 출마하려는 것은 아니었다.

몇몇 선배들이 그렇게 해서 예편하는 모습을 보고 나를 포함한 후배들도 흉내를 내보려고 했으나 군에서는 그런 낌새를 눈치 채고 국회의원 출마를 준비하는 장교들을 아예 최전방으로 발령을 내버렸다.

나도 그 때문에 졸지에 강원도 원통의 산골짜기로 들어가 버려 오도 가도 못하고 꼼짝없이 군대에 더 묶여 있어야 했다. 언제 제대할 수 있을지 기약할 수 없었다.

학교에서 날아온 반가운 편지

그 무렵 서울에서 반가운 편지가 한 통 날아왔다. 내가 의학 공부를 계속할 수 있도록 믿어주신 은인이기도 하고 은사이기도 했던 김명선 학장께서 전방에 있는 내게 편지를 한 통 보내주었다.

"이번에 학교에 신경정신과가 새롭게 생겼는데 혹시 공부해볼 생각이 있니?"

당시 의과대학생들의 전공은 담당교수들이 그들의 적성을 보고 정해주었다. 선생님은 내게 결핵을 전공하는 내과의사가 되는 것이 어떻겠느냐고 슬며시 물어본 적이 있었다. 나는 결핵은 싫다고 했다. 그것을 기억하고 있다가 신경정신과 쪽으로 추천을 해주신 것이었다.

나는 당연히 신경정신과에 관심이 있었다. 지원서를 보내고 휴가를 얻어 시험을 치러 갔다. 12명이 지원했는데 한 사람만 뽑는다고 했다. 군대에 있다가 보니 공부하기도 어려워 시험도 잘

보지는 못한 것 같았다.

하지만 운 좋게도 12대 1의 경쟁률을 뚫고 최종 합격자가 되었다. 나의 합격 소식에 신경정신과 교수님조차 놀랄 정도였다.

"어떻게 네가 왔니? 다른 친구들은 다 인사를 왔었고 너만 얼굴을 못 봤는데 네가 됐구나."

다른 친구들을 다 교수님을 찾아뵙고 인사를 드렸는데 나는 전방에 있다 보니 그럴 틈이 없었다. 하지만 아이러니하게도 유일하게 인사를 안 갔던 내가 합격이 된 것이었다.

군인 신분으로 세브란스병원에서 위탁 교육을 받는 식으로 신경정신과 레지던트를 했다. 일반 레지던트들은 월급도 없이 일하는데 비해 군 장교 신분으로 월급 받으면서 레지던트를 하다 보니 여러 모로 많은 혜택을 받은 셈이었다.

레지던트를 마치고 다시 군으로 돌아가 근무를 했다. 대위, 소령 진급해서 대구에 있던 제일육군병원 과장으로 복무하다 1976년 서른다섯의 나이로 길고 긴 군복무를 마치고 예편할 수 있었다.

마음을 치료하는 의사

인기 있는 외과, 산부인과 다 놔두고

그렇게 해서 나는 세브란스의 1호 신경정신과 레지던트가 됐고, 1호 전문의, 1호 박사가 됐다. 신경정신과에 대한 인식이 거의 없을 때였기 때문에 내 선택에 대한 주변의 반응은 그다지 호의적이지 못했다.

돈도 제대로 벌지 못하는 의사가 되어서 무엇을 하려고 하나면서 동료들과 가족들은 내 결정에 반대했다. 장인어른조차도 내가 신경정신과를 선택한 것에 대해서 안타까워하셨다.

"거 참, 외과나 산부인과 같은 전공을 하면 좋을 텐데 왜 하필 정신과를…."

당시만 해도 외과나 산부인과가 특히 인기가 많았기 때문에 모두 내가 조금 편한 길을 가길 원했다. 그러나 내 결심에는 변함이 없었다. 초등학교 시절 의사가 되겠다고 스스로 했던 다짐, 중학교 때 갖게 된 문학 소년의 꿈, 그리고 불문학과 문화사에 대한 관심, 이 모든 것들의 타협점이 바로 정신과라고 생각했다.

김명선 학장께서도 그런 내 마음을 잘 알고, 잘 선택했다며 격려했고 나는 많은 기대를 받으며 세브란스 의대 정신과 1호 레지던트로 훈련을 시작했다.

가족들을 위한 선택

성가대에서 처음 본 아내

아내를 처음 만난 것은 중학생 시절인 1947년이다. 나보다 한 살 어린 아내는 같은 교회를 다니며 성가대 활동을 하면서 알게 됐다. 예쁘고 똑똑해서 남학생들 사이에서 인기가 많았다.

그 후로 10여 년 동안 그녀를 마음에 그리며 살았지만 좋아한 다거나 한번 만나달라는 식의 말은 상상할 수도 없었다.

그녀와 본격적으로 만나게 된 것은 대학생이 된 이후다. 아내 는 국제콩쿠르에서 입상하면서 서울대 음대에 입학을 했고 서울수복과 함께 나도 부산에서 올라오면서 자연스럽게 서울에서 재회할 수 있게 됐다.

아내와 연애를 하면서도 제대로 영화 한 편 보여준 기억이 없다. 그녀와 나의 유일한 공통점은 신앙심 뿐이었다.

일과 가정 책임지며 버텨준 고마운 아내

의대를 졸업하고 육군 군의관으로 1년 간 복무한 뒤 그녀에게
청혼했다. 주말을 포함해 3일 간 휴가를 내서 결혼한 후에 다시
군대로 복귀해야 했다. 군 복무 중에 결혼한 우리 부부의 생활은
너무나 어려웠다.

내가 군대 생활을 하는 동안 가족들은 서울에 따로 떨어져 있
었는데 아내가 고생을 많이 했다. 아이들 낳고 시동생 공부시키
면서 직장생활까지 하느라 몸이 열 개라도 부족했을 것이다.

아내는 기독교방송의 음악 PD로 일했다. 당시만 해도 여자들
이 회사 생활을 하기 쉽지 않은 분위기였다. 여자 PD가 자꾸 진
급을 해서 남자들 위로 올라가니 회사 내에서 견제와 시샘이 많
았다. 어쨌든 그 덕분에 내가 제대할 때까지 용케 버티면서 가족
들을 잘 이끌어준 것을 지금도 고맙게 생각하고 있다.

1962년 맏딸 향아가 태어났다. 군복무 중이었기 때문에 아내
혼자 그 짐을 져야 했다. 그날 초조한 마음으로 아기 소식을 기
다리고 있는데 세브란스병원에서 전화가 걸려왔다. 아내를 보

증해 줄 사람이 없다는 것이었다. 너무 당황한 나는 안면 있는 간호사를 간신히 찾아서 보증을 서달라고 간곡히 부탁했다. 그리고 몇 분 뒤 첫딸이 태어났다는 감격적인 소식을 접했다. 아들 성수는 3년 뒤에 태어났다.

늦둥이 막내에 대한 미안함

제대하고 세브란스병원으로 돌아가서 1년 동안 강사 대우를 하다가 1년 후 강사가 되었다. 그동안 전문의도 땄다. 세브란스병원에 줄곧 몸담고 있다가 지금의 강북삼성병원인 고려병원이 개원할 때 신경정신과 과장으로 자리를 옮겼다.

고려병원은 당시 세브란스병원을 비롯해 장안의 유명한 의대 교수들을 싹 쓸어가다시피 할 정도로 의학계에 돌풍을 일으켰다. 고려병원으로 옮기기로 결심하게 된 이유 중 하나는 가족을 위한 것이었다.

박봉의 군인 월급으로 아내가 아이를 키우면서 시동생들 공부를 시키느라 빚을 많이 졌다. 당시 세브란스병원의 내 월급 갖고는 쉽게 갚을 수 없는 금액이었다.

고려병원으로 옮기고 보니 세브란스병원에서 받던 것보다 월급이 6~7배 정도 많았다. 거기에 자동차에 운전기사, 골프장 회원권까지 제공될 정도로 초특급 대우였다.

그 덕분에 그동안 졌던 빚을 모두 갚고 경제적으로 안정을 찾을 수 있었다. 차츰 생활의 안정을 찾아갈 무렵 아내가 임신을 했다.

"마흔 살이 넘어서 어떻게 아기를 낳느냐"며 나는 아내를 말렸다. 병원 과장으로 있는 내 체면을 생각해달라고 아내에게 억지 주문까지 했다. 어머니 역시 손자는 하나면 된다며 만류했다.

그러나 아내는 하나님이 우리에게 주신 귀한 생명이라며 낳을 것을 고집했다. 내가 고려병원에 아기를 낳으러 왔을 때 나는 다른 사람들이 알아볼까봐 고통스러워하는 아내를 외면했다.

그렇게 어렵게 태어난 막내 딸 선아는 내게 "아버지 제가 없었으면 얼마나 외로웠겠어요."하고 말하곤 했다. 지금 생각해도 미안함과 고마움이 교차한다.

Chapter 2

장미는
가시가 있어서
더 아름답다

'귀신 들린 병'과의 운명적 만남

로빈슨 선교사의 방문

1965년, 군대에서 예편한 후 세브란스병원 신경정신과에서 진료를 시작한 지 얼마 지나지 않았을 때였다. 태양이 무척 뜨겁던 어느 여름 날, 파란 눈의 여자 선교사 한 사람이 병원으로 나를 찾아왔다.

레나 벨 로빈슨(Lenna Belle Robinson)이라는 이름을 가진 미국인 선교사였다. 예순이 넘은 늦은 나이에 한국에 처음 왔다고 했다. 그녀는 인천에서 신학생들에게 성경을 가르치며 선교활동을 하고 있었다.

간호학교를 나온 로빈슨 선교사는 미국에서 뇌 병리학을 공부했고 그 뒤에 물리 치료와 방사선 치료 등을 배워 선교사이면서 의료 전문가로 활동하고 있었다.

로빈슨 선교사 옆에는 스무 살 정도 되어 보이는 젊은 여학생이 한 명 함께 있었다. 바로 그 학생이 훗날 목사가 되어 뇌전증 환자들을 위해 봉사하고 또 집 없는 아이들을 돌보며 '고아들의 어머니'로 불렸던 유재춘이었다.

로빈슨 목사는 신학생들에게 성경을 가르치다가 여학생 한 사람이 갑자기 발작을 일으키는 것을 보고 그 학생을 데리고 나를 찾아온 것이었다.

무당 불러 푸닥거리하기도

그 신학생이 앓고 있던 병은 '뇌전증'이라는 병이었다. 뇌전증은 뇌 신경세포가 이상을 일으켜 뇌기능이 일시적으로 마비 증상을 나타내는 병이다. 과도한 흥분 상태를 나타내면서 의식이 없어지거나 발작 증세와 함께 경련을 일으킨다.

보통 사람들에게는 '뇌전증'이라는 이름보다 '간질(癎疾)'이라는 이름이 더 익숙할 것이다. '간(癎)'이라는 단어는 몸을 떨거나 경련을 일으킨다는 뜻을 가진 말로 발작을 일으킨다고 해서 붙여진 이름이다. 속된 표현으로는 '지랄병'이라고 불리기도 했다. 이름에서 알 수 있듯이 이 병에 대한 사회적 편견이 너무 심해 몇 년 전부터 병명을 뇌전증으로 바꾸어 부르고 있다.

당시만 해도 뇌전증은 특별한 치료법이 없어서 불치병으로 알려졌으며 '천질'이나 '귀신 들린 병' 등으로 불리기도 했다. 마땅한 치료법이 없다보니 병에 걸리면 무당을 불러서 푸닥거리를 할 정도였다.

갑작스러운 발작 증세가 나타나다보니 하늘에서 내린 천벌이라고 생각하는 사람들이 많았다. 치료법도 정체를 알 수 없는 민간요법에 의존했는데 산모 탯줄을 삶아 먹는다거나 독수리를 잡아먹는 식이었다.

심지어 상여가 나갈 때 상여를 매던 줄을 삶아 먹으면 낫는다는 이야기까지 있어서 동네에서 사람이 죽어서 상여가 나가면 몰래 그 줄을 잘라다가 삶아 먹는 사람들도 있었다.

쉬쉬하며 병 숨기고 살아

지금은 뇌전증 약이 아주 흔해졌지만 당시에는 약이 무척 귀해서 아무리 돈이 많아도 구하기가 무척 어려웠다. 국내에서 구할 수 있는 약은 효과가 크게 떨어졌다. 그나마 로빈슨 선교사가

마음을 치료하는 의사

미군 부대나 미국 본토를 통해서 구해오는 약으로 많은 환자들을 치료할 수 있었다.

로빈슨 선교사와 함께 온 신학생을 치료하면서 뇌전증에 대해서 조금 더 자세히 알게 되었다. 요즘은 뇌전증 환자를 주변에서 쉽게 보기 어렵지만 아주 희귀한 병은 아니다.

전 국민의 1% 정도, 즉 100명 중 1명 정도가 앓는 것으로 추정되고 있다. 우리나라 인구가 5천만 명이니 우리나라에만 환자가 50만 명 정도에 이를 것으로 추산하고 있다.

지금은 조기에 발견해 치료를 받으면 문제없이 생활하는 환자도 많지만 과거에는 병명도 제대로 몰랐고 치료도 적극적으로 하지 않아 자신도 모르는 사이에 뇌 손상이 심각하게 진행된 중증 환자가 많았다.

치료약이 개발된 이후에도 약값이 비싸고 치료약을 구하기 어려워 병원에 가지 못하는 사람들이 많았다.

국내 뇌전증 전문의도 극소수였으며, 연구가 많이 이뤄지지 않아 환자들이 제대로 치료를 받을 수가 없었다. 환자들도 병이 알려지면 다른 사람들로부터 따돌림 당하거나 손가락질 받을까 봐 두려워 자신의 병을 쉬쉬하고 숨긴 채 고통과 두려움 속에서 살아가고 있다는 사실을 알게 되었다.

그런 사실은 내게 큰 충격으로 다가왔다. 많은 사람들이 경제적인 어려움 때문에 치료조차 제대로 받지 못하는 형편이라는 사실에 더욱 놀라지 않을 수 없었다.

우리나라 뇌전증 환자 치료에 크게 공헌했던 로빈슨 선교사의 모습.
2009년 106세의 나이로 세상을 떠났으며 그 유해 일부가 파주 기독교인 공원묘지에 안치되어 있다.

세상의 편견과 싸우다

한 달에 한 번 인천을 향하다

"닥터 박, 나를 좀 도와줄 수 없겠어요?"

로빈슨 선교사는 여학생을 데리고 몇 차례 세브란스병원을
찾아와서 치료를 받고 돌아간 후 내게 또 다른 부탁을 하나 해왔
다. 신학공부를 하고 있는 학생 중에 비슷한 증세를 가진 환자가
20~30명 정도 더 있다며 그 학생들을 모두 데리고 세브란스병원
까지 갈 수 없으니 내가 한 달에 한 번 정도 인천으로 직접 올 수
없겠느냐는 것이었다.

"그렇게 하죠."

마음을 치료하는 의사

그때는 무슨 생각이었는지 모르겠다. 나는 조금도 망설임이나 주저함 없이 그 자리에서 흔쾌히 승낙을 했다. 지금도 마찬가지이지만 나는 내 자신이 선교적인 마인드가 특별하다거나 남달리 봉사나 희생정신이 강한 사람이라고 생각해 본 적이 한 번도 없다.

내 어머니가 그랬던 것처럼 살아오면서 누군가가 요청하는 것을 거절하지 않았을 뿐이다. 내 인생 전체를 놓고 봐도 내가 직접 뭔가를 하려고 적극적으로 나선 경우는 많지 않다. 다만 내게 들어오는 도움 요청을 거절하거나 거부하지 않았다.

로빈슨 선교사의 부탁으로 한 달에 한 번씩 인천의 뇌전증 환자들 모임에 참가해 의료 봉사활동을 시작했다. 당시 서울에서 인천을 오가던 삼화고속 버스를 타고 다녔는데 인천까지 차를 타고 버스로만 1시간 반이 넘게 걸렸다.

영등포만 벗어나면 완전한 시골길이었다. 아스팔트 포장도 제대로 안된 그 길을 1시간 반 넘게 버스를 타고 가서 내리면 또다시 30분을 넘게 걸어가야 했다. 그래도 그 약속만큼은 어길 수 없었다. 한 달에 한번은 꼭 왕진가방을 들고 인천을 다녀왔다.

마음을 치료하다

환자들이 모여 있는 곳에 가서 가장 먼저 한 일은 병에 대한 교육과 계몽이었다. 뇌전증은 결코 귀신 들린 병이 아니며 약을 먹고 꾸준히 치료하면 나을 수 있다는 확신을 심어 주었다.

서울에서 온 의사가 그렇게 말하니 모인 학생들도 무척 안심하는 표정이었다. 뇌전증 환자들을 만난다는 것은 단순한 질병 치료를 넘어서는 특별한 것이었다.

뇌전증에 걸리면 마치 하늘의 저주를 받은 사람처럼 취급받았기 때문에 마음의 상처를 치료하는 일도 매우 중요했다. 약을 통해서 발작에서 자유로워졌다는 소문이 나고 거의 무상에 가까운 조건으로 치료를 해주다보니 사람들이 몰려왔다.

"우리 모임 이름을 하나 짓죠."

"무슨 이름이 좋을까요?"

"장미꽃은 아름답지만 가시가 있잖아요. 장미회 어때요? 장미회."

누가 제안했는지는 정확하게 기억나지 않는다. 로빈슨 선교

뇌전증 환자들은 귀신 들린 병이라는 잘못된 인식을 갖고 있었기 때문에 교육을 통해서 약을 먹고
치료하면 나을 수 있다는 확신을 주는 것이 필요했다. 전국으로 퍼져나간 장미회

사가 했는지, 아니면 환자 중에 한 사람이 제안을 했는지 모르겠지만 '가시 있는 장미가 아름다운 것처럼, 뇌전증 환자도 훌륭한 삶을 영위할 수 있다'는 취지로 붙여진 이름이었다. 장미회는 이후 뇌전증 환자들의 희망이 되어 주었다.

전국으로 퍼져 나간 장미회

기하급수적으로 늘어나는 환자들

약을 먹고 병을 고쳤다는 소문이 나면서 사람들이 늘어나기 시작했다. 처음에 14명의 환자에서 시작해서 6개월 쯤 지나자 2백 명이 훌쩍 넘어버렸다. 심지어 서울의 환자들이 멀리 인천까지 내려오는 일도 있었다.

뇌전증 환자들을 위한 의료 봉사활동에는 후배나 제자, 동료 의사들의 도움이 컸다. 당시 세브란스병원에 있으면서 서울대와 이화여대에 강의를 나갔는데 레지던트를 하던 제자들이 의료 봉사활동에 적극적으로 참여해 큰 힘이 되어 주었다.

김명호 선생이 회장을 맡아서 이끌던 서울기독의사회도 큰 힘을 보태주었다. 시간이 흐르면서 환자가 기하급수적으로 늘어나자 로빈슨 선교사는 뭔가 다른 대안이 필요하다고 생각했다.

"지역을 나눠야겠어요."

경기 인천 지역의 환자들은 다른 의사들에게 부탁해서 자신이 맡아서 할테니 서울 지역 환자들은 서울 내에서 해결할 수 있도록 해달라고 했다.

대형교회 중심으로 기독교계의 큰 도움

오랜 논의 끝에 서울 지역은 서울기독의사회가 맡아서 하기로 교통정리를 했다. 주말에 사람들을 모아 놓고 교육과 진료를 하려면 넓은 공간이 필요했다. 그런 일을 하기에는 대형교회가 안성맞춤이었다. 영락교회, 새문안교회, 연동교회, 은광교회, 노량진교회 등 서울 시내 대형교회에서 발 벗고 나서서 도움을 주었다.

당시 인천에는 감리교단에서 운영하는 인천기독병원이 있었지만 로빈슨 여사는 뇌전증 환자의 치료를 위해서 따로 교회를 세워서 진료했다. 뇌전증 환자들이 일반 병원을 이용하는 것을 불편하게 생각하고 일반 병원 환자들도 뇌전증 환자들과 함께 진료 받는 것을 꺼려하는 것을 안 로빈슨 여사의 배려였다.

로빈슨 여사는 뇌전증에 대해서 잘 모르거나 경제적 어려움으로 병원을 찾을 수 없는 환자들이 많다는 것을 알고 전국을 돌며 교회와 지역보건센터를 거점으로 무료 순회 진료를 이어갔다.

인천의 활동이 알려지면서 부산과 강원도 원주에서도 간질 환자들의 치료를 위한 장미회 모임이 시작됐고 군산, 순천, 여수, 부산, 대구, 그리고 강원도 산골짝 태백까지 확대됐다.

사역을 하고 있는 선교사들이나 한국인 의사 중에서 뇌전증을 치료할 수 있을만한 사람들에게 뇌전증 환자 진료를 의뢰했다.

전국 순회 진료팀을 만들어 진료소를 거점으로 차량으로 약을 공급했는데 로빈슨 선교사와 김명호 회장이 주로 그 일을 맡아주었다. 그 사이 전국의 교회, 고아원, 진료소 등에서 뇌전증 환자를 치료하는 곳이 165곳에 이를 정도였고 환자 수만 14만 명에 이를 정도였다.

장미회는 전국으로 확대되면서 뇌전증 환자들을 위한 희망이 되어 주었다. 초기 장미회 회장을 맡아서 열성적으로 의료봉사활동에 나섰던 김명호 선생이 연세대 원주의과대학 학장으로 가게 되면서 할 수 없이 내가 장미회 회장을 이어서 맡게 되었다.

사단법인 장미회의 등장

1971년 로빈슨 여사가 잠시 미국으로 돌아가게 되면서 장미회 활동에도 변수가 발생했다. 육십이 넘은 워낙 늦은 나이에 한국에 왔기 때문에 로빈슨 여사의 나이도 벌써 칠십을 바라보고 있었다. 한국에서 나이도 잊은 채 워낙 열정적으로 선교활동을 했기 때문에 나이를 크게 느끼지 못했을 뿐이었다.

로빈슨 여사는 미국으로 돌아가면서 뇌전증 환자의 진료와 선교 사업을 서울기독교의사회에서 전적으로 맡아달라고 부탁했다. 서울기독의사회는 전국의 장미회 조직을 관리하면서 지속적으로 뇌전증 환자들에 대한 봉사활동을 펼쳤다.

서울기독의사회 회장을 맡았던 김명호 선생은 지역 보건소를 세운 최초의 인물로 우리나라 보건학계의 태두라고 할 수 있는 분이다. 훌륭한 의사일 뿐 아니라 정책이나 행정에도 밝아서 장미회의 방향에 대해서 큰 제안을 해주었다. 그 중 하나가 사단법인화의 추진이다.

서울기독교의사회가 중심이 되어 1974년 사단법인 장미회가 발족하게 됐으며 기존의 친목모임 성격에서 벗어나 조직 체계를 갖추게 됐다. 로빈슨 선교사와 함께 뇌전증 환자들의 모임인 장미회를 만든지 꼭 9년만이었다.

설립 초기에는 환자들을 위해 미국과 독일 등 외국에서 약을 원조받아 투약했지만 이후 국내 제약회사들도 봉사에 참여, 상당수의 약품을 제공해왔다.

김명호 선생의 경우 미국이나 유럽의 학회에 나갈 때면 대형 배낭을 짊어지고 해당 국가의 단체에 미리 연락을 해서 뇌전증 약을 잔뜩 얻어오곤 했다.

마음을 치료하는 의사

행복한 가정을 이루는 꿈

감격스러운 첫 직장과 첫 월급

장미회가 결성되고 전국의 대형교회와 진료소에서 한 달에 한 번씩 모임을 갖다보면 그 자리에서 발작을 하다가 쓰러지는 환자들의 모습도 가끔 볼 수 있었다.

하지만 모임에 꾸준히 참여하면서 약을 먹은 후에는 신기하게도 발작을 하지 않게 되었다 회원들은 그런 서로의 모습을 보면서 힘을 얻고 위안을 받고 희망을 갖게 됐다.

많은 사람이 한꺼번에 모일만한 장소를 찾다보니 서울의 대형교회에서 주로 모였는데 장미회 회원들이 모이기에 교회만큼 좋은 곳이 없었다.

교회에서 모이면 선교부에서 떡을 해서 갖다 주기도 하고 간식을 갖다 주기도 했기 때문에 먹고 살기 어려운 시절 교회에 나와서 점심 먹고 간식 먹고 약까지 받아서 가는 일은 그들에게 큰 기쁨이 되었다.

의도하지는 않았지만 자연스럽게 선교활동으로도 연결됐다. 환자들은 물론 정기적으로 교회에서 봉사활동을 하다 보니 종교를 갖게 된 의사들도 있었다.

꾸준히 약을 먹고 더 이상 발작 증세를 보이지 않자 평생 꿈꿔보지 못한 취직을 한 회원들도 있었다. 자기도 모르게 발작을 하고 쓰러지는 증세를 갖고 있었기 때문에 그들은 취업을 한다는 것은 생각지도 못했다.

뇌전증 증세를 갖고 있는 사람 중에는 어렵게 직장에 취업을 했다가도 근무시간에 직장에서 발작을 일으키는 바람에 쫓겨나는 사람들도 있었다.

직장에 잘 다니면서 월급을 받았다며 두둑한 헌금을 내놓는 사람도 있었다. 회원들 중에는 장미회 덕분에 직장에 다닐 수 있게 됐다며 첫 월급 전부를 내놓은 경우도 있었다. 그런 돈들을 쓰지 않고 모으다보니 그것이 곧 장미회 기금이 되었다.

마음을 치료하는 의사

유전병이 아님을 스스로 증명하다

장미회에서 볼 수 있는 가장 행복한 모습 중 하나는 결혼을 해서 행복한 가정을 꾸리는 모습이었다. 회원들 대부분은 시집, 장가가는 것을 포기했던 사람들이었다.

뇌전증에 대해서 많은 사람들이 귀신 들린 병, 하늘에서 내린 천벌 등으로 인식하고 있었기 때문에 정상적인 결혼 생활을 한다는 것이 불가능했던 것이 사실이다. 결혼을 해서 남들처럼 행복한 가정을 꾸린다는 것을 상상조차 해보지 못한 사람들도 많았다. 하지만 장미회 모임에 꾸준히 나오면서 발작 증세가 없어지고 직장을 갖다보니 그들에게도 꿈이 생겼다.

모임 내에서 젊은 남녀들이 눈이 맞아 결혼하는 커플도 종종 있었다. 그렇게 결혼한 커플들은 예쁘고 건강한 아이를 낳아서 데리고 함께 모임에 나왔다.

뇌전증은 유전병이 아니라고 아무리 교육을 하고 설명을 해도 잘 믿지 않았는데 이렇게 장미회 모임에서 결혼한 부부가 건강한 아이를 데리고 나오자 더 이상 설명을 하지 않아도 모두가 확실하게 알 수 있었다. 그런 커플들은 다른 많은 회원들에게 큰 힘과 희망이 되어 주었다.

장미회에서 이룬 아름다운 꿈

1976년에 처음 만난 한 남자는 열 세살 겨울 뇌전증이라는 병을 얻었다. 살얼음판 위에서 친구의 썰매를 밀어주다 실수로 친구를 물에 빠뜨렸다. 그 때문에 친구에게 머리를 심하게 얻어맞고 돌아온 그날 밤 갑자기 온몸이 마비되면서 의식을 잃으며 발작을 일으켰다고 한다. 그는 내게 울면서 말했다.

"선생님, 전에는 그렇게 건강했었는데 하루에 너덧 번은 심한 발작을 일으킵니다. 5남매 중 외아들인 까닭에 부모님은 빚을 내서 온갖 좋다는 약은 다 해주셨습니다. 그러나 증세가 호전되기는커녕 더 악화되는 것 같습니다."

그의 말은 계속 이어졌다.

"중·고등학교 때는 수업 도중에도 갑자기 발작을 일으키곤 했습니다. 친구들 보기에 하도 창피해 이렇게 살 바에 차라리 죽어버리자고 결심하고 산에 올라간 적도 있습니다. 선생님, 저를 좀 도와주세요."

울고 있는 그를 토닥거리며 나는 그에게 병을 고칠 수 있다는 자신감부터 심어주었다. 그리고 신앙을 가져보라며 성경책을 한 권 선물했다.

"힘을 내라"는 의사의 자신 있는 말 한 마디에 그는 금세 웃음을 보였다.

그 후 그의 어머니는 한 달에 서너 차례 장미회에 와서 약을 타다가 아들에게 먹였다. 장기간 정기적으로 약을 복용하면서 조금씩 차도를 보인다고 어머니는 좋아했다.

그로부터 몇 년 후 그는 한 여자를 데리고 장미회로 나를 찾아왔다. 당시 그는 다른 사람들이 알아챌 수 없을 정도의 경미한 의식상실 증세가 나타나기는 했지만 거의 완치된 상태였다.

또한 장미회를 통해 신앙을 갖고 신학교를 졸업해 한 교회에서 전도사로 일하고 있었다. 함께 온 아가씨는 교회에서 만난 그의 애인이었다. 그 아가씨와 이듬해 결혼했다.

직장과 가정에서 내쫓기다

해고 통보를 받은 직원

"선생님, 해고를 당하게 생겼습니다. 좀 도와주십시오."

어느 날 군산에서 일하는 한 근로자로부터 긴급한 연락을 받았다. 직장에서 일하다가 갑자기 발작을 일으키는 바람에 병원에 실려 갔는데 거기서 뇌전증 진단을 받는 바람에 직장에서 해고를 당하게 생겼다는 딱한 이야기였다.

나는 군산노동청까지 찾아가서 상황을 설명했고 직장으로 전화를 걸어 사장과 직접 통화를 했다.

"이 문제는 법적으로 다툼이 있을 수 있는 문제입니다. 조금 안전한 일로 옮겨주면 충분히 일을 잘할 수 있습니다."

마음을 치료하는 의사

나는 협박 반, 부탁 반으로 사장에게 상황을 설명했다. 다행히 회사 사장을 비롯해 많은 관계자들의 도움으로 그는 직장을 유지할 수 있었다.

시부모와 함께 살던 한 여성 뇌전증 환자는 시부모 모르게 뇌전증 치료를 받다가 시어머니에게 복용 중인 약봉투를 들킨 뒤 집에서 쫓겨나는 아픔을 겪기도 했다.

지금이야 상상하기 어려운 일이지만 70~80년대만 해도 뇌전증 환자라는 이유만으로 사회에서 쫓겨나고, 가정에서 이혼을 강요당하는 사람들 많았다.

결혼을 앞두고 뇌전증 때문에 파혼 위기까지 가는 경우도 많았다. 그럴 때면 중간에 나서서 의사로서 이 환자가 치료를 잘 받고 있고 언제부터 발작이 없었으며 절대 유전병이 아니라는 것을 부모들에게 일일이 설명해 주기도 했다.

장미회와 함께 현대 의학의 혜택을 받고 또 신앙의 도움으로 의지한다면 곧 병을 극복하게 될 것이라는 설명을 해주어서 결혼까지 이어진 커플도 여럿 있다.

지금은 많이 줄었다고 해도 여전히 우리 사회에 뇌전증 환자에 대한 편견과 오해가 존재하고 있다.

알렉산더 대왕과 소크라테스도 앓던 병

뇌전증은 심각한 병이지만 결코 절망하거나 비관만 할 병은 아니다. 줄리어스 시저와 알렉산더 대왕도 뇌전증 환자였다. 뇌전증 환자도 정상인과 다를 것 없이 행복하게 살 수 있다. 그밖에 소크라테스, 사도 바울, 도스토예프스키도 이런 병을 앓았다.

뇌전증을 앓고 있는 환자층은 우리가 흔히 상상하는 것보다 훨씬 넓다. 내가 치료한 환자들 중에도 의사나 국회의원, 은행장 등 전문직 종사자들이 상당히 많았다.

아마 어떤 사람을 붙잡고 물어봐도 그 사람 주위 100명 중 1명은 뇌전증을 앓고 있을 확률이 매우 높다. 그만큼 흔한 병이다. 정신병으로 오해받는 경우도 종종 있지만 결코 정신병이 아니다. 그저 뇌에 만성질환이 생긴 것일 뿐이다.

우리가 암을 앓는다고 부끄러워하지 않고 고혈압 약을 먹는다고 감추지 않는 것처럼 뇌전증도 부끄러워하거나 감춰야 할 병이 아니다.

성경에 보면 예수가 귀신 들린 병을 치료했다는 구절이 나온다. 나는 그 병이 뇌전증일 것으로 추정하고 있다. 예수가 그 환

마음을 치료하는 의사

정기적인 진료 봉사를 통해 뇌전증 환자들이 희망을 잃지 않고 치료에 전념할 수 있도록 했다.

자의 병을 낫게 하면서 '사탄아 물러가라'고 말하는데, 난 그 메시지를 '뇌전증은 악마의 병이 아니라 너의 몸과 마음을 더욱 건강하고 정갈하게 가꿔나가도록 하는 전화위복의 시련일 뿐'이란 일갈로 듣는다.

고혈압 환자보다
더 건강한 뇌전증 환자들

갑자스러운 경련, 발작

아침 일찍 전철을 타고 병원으로 출근하던 일이었다. 한 건장한 청년이 갑자기 쓰러졌다. 옆에 있던 사람들이 모두 깜짝 놀라 아무도 그 청년에게 다가가려 하지 않았다. 내가 다가갔을 때 청년은 단지 쓰러져있을 뿐 특별히 이상한 행동은 눈에 띄지 않았다. 가끔씩 몸에 작은 경련이 일어날 뿐이었다.

"이봐요. 괜찮아요." 한 노인이 내 어깨를 치며 물었다. 나는 그 노인을 쳐다보며 "괜찮은 것 같아요."하고 고개를 끄덕였다.

"내 손자가 간질병자라오. 발작 때 잘못 부딪혀 얼굴이 성치 않아요. 쯧쯧, 불쌍도 하지"

칠순의 노인은 그렇게 말했다. 몇 분 뒤 청년은 멀쩡하게 일어났다. 자신에게 무슨 일이 있었는지 기억하지 못하는 것 같았다.

사람들은 보통 갑자기 경련을 일으켜 쓰러지고 입에서 거품을 뿜어내며 의식을 잃는 것이 뇌전증이라고 생각하지만 이는 일부에 지나지 않는다. 뇌전증 환자에게 나타나는 대발작은 대개 의식을 잃고 쓰러지면서 몸 근육에 경련 현상을 일으키는 것이다.

관리 잘하면 고혈압보다 안전해

뇌전증은 천형 혹은 무서운 유전병으로 인식돼 환자들이 사회에서 냉대를 받아왔지만 완치될 수 있으며 장미회 회원들 중에는 같은 병으로 고통 받는 환우들의 투병을 보고 용기를 얻어 완치 상태에 이른 경우가 많다.

뇌전증 치료를 받는 사람들은 고혈압 환자보다 오히려 훨씬 건강하다. 발작을 막기 위한 약물치료와 더불어 건전하게 생활

마음을 치료하는 의사

하며 관리하는 게 정말 중요하다.

　뇌전증 환자들은 알코올을 섭취할 수 없고, 적절한 다이어트와 운동을 해야 병세 악화를 막을 수 있다. 평소 몸 관리를 철저하게 하기 때문에 업무상 과실이 적고 병이 없는 사람들에 비해 안전사고도 적다.

새로운 보금자리에서 흘린 눈물

회원들을 위한 공간의 꿈

서울 연지동 여전도회관 10층에 있던 장미회 본부는 행정사무실과 진료실, 뇌파검사실. 조제실 등을 갖춘 40여 평의 공간이었다. 당시 장미회 월 회비는 진료비와 한 달 약값을 포함해 4천 원 정도를 받았지만 생활보호대상자들에게는 특별히 면제해주었다.

장미회 회비는 오직 회원들의 약값과 그들을 위해서만 사용하자고 자원봉사자들과 약속했다. 자원봉사자들도 모두 자신의 사비를 털어서 봉사활동에 참여해주었다.

1981년 김명호 선생의 뒤를 이어서 장미회 회장을 맡게 됐는데 나 역시 회장 몫으로 주어지던 자동차와 운전기사를 없애고

내가 운영하던 병원의 차량으로 활동을 했다.

얼마 안되는 돈이라고 할 수 있지만 차량유지비와 운전기사 월급을 10년 정도 모으니 조그만 사무실 하나를 마련할 수 있는 돈이 되었다. 월세로 여기저기 돌아다니던 떠돌이 생활을 청산하고 처음으로 장미회 명의의 자가 사무실을 얻을 수 있었다. 1995년 장미회는 서울 종로구 부암동에 새로운 보금자리를 마련했다. 꿈같은 순간이었다.

예상치 못했던 반대

1995년 2월 이삿짐을 싣고 출발하기 직전 아침 일찍 부암동 새 사무실 측에서 연락이 왔다.

"회장님, 지금 이곳 주민들이 장미회의 입주를 반대하는 시위를 벌이고 있습니다. 어서 이곳으로 오셔야겠습니다."

앞으로 장미회와 함께 건물을 사용할 사람들이 데모대를 만들어 피켓 시위를 하고 있다는 것이었다.

"장미회는 나가라"

"우리는 장미회의 입주를 반대한다."

"간질환자들은 받아들일 수 없다."

건물 앞에 섰을 때 눈물이 주르르 흘렀다. 어느 새 왔는지 내게서 치료를 받고 있던 한 소녀가 피켓 든 손을 바라보며 이렇게 말했다.

"의사선생님, 저는 이제 어떻게 되는 거예요? 치료를 받을 수 없는 건가요?"

환자와 가족들이 하나둘씩 부암동으로 몰려왔다.

"이럴 수가…, 우리가 무슨 전염병에 걸린 사람들입니까. 왜 우리를 내모는 겁니까."

모두들 원망스러운 눈빛으로 나를 쳐다보았다. 건물 사람들은 장미회가 입주하면 건물 값이 떨어지고 건물이 지저분해진다며 막무가내로 버텼다.

　장미회 가족들과 함께 연지동 사무실로 되돌아갔다. 환자들을 보살피는 간호사들은 "이럴 때일수록 하나가 돼야지요. 우리 함께 기도해요."라며 다독거렸고 모두들 흥분된 마음을 가라앉히고 기도를 했다.

　"하나님께서 회원들을 위해 마련해 주신 곳입니다. 한 발짝도 들어가지 못하고 그 앞에서 이렇게 무너질 수는 없습니다."

　"하나님 우리 장미회를 지켜주세요. 우리는 과연 어디로 가야 합니까. 길을 열어주소서."

　그들의 통곡 어린 기도 소리를 들으며 나는 용기를 내어 경찰서로 찾아갔다. 그곳에 가서 경찰관들에게 장미회의 활동사항을 말했다. 그리고 지금 처한 난관에 대해서 도움을 호소했다. 경찰관들의 태도는 사뭇 진지했다.

　"아니, 우리나라에도 그렇게 훌륭한 일을 하는 단체가 있습니까? 당연히 도와드려야죠. 걱정하지 마십시오."

부암동 사무실 앞에 데모하는 사람들에게 다가간 경찰관들은 그들을 어떻게 이해시켰는지 수십 명의 사람들이 뿔뿔이 흩어졌다. 그리고 장미회는 경찰관들의 호위를 받으며 입주할 수 있었다. 뇌전증 환자들에 대한 인식이 어느 정도였는지를 보여주는 일화였다.

마음을 치료하는 의사

장미회의 변신

의료 봉사활동에 제동 걸려

1990년대 후반, 의약분업이 전격적으로 실시되면서 장미회를 중심으로 한 의료 봉사활동에도 제동이 걸렸다. 약사가 아니면 약을 다룰 수 없게 되면서 봉사단체 역시 이전처럼 환자들에게 약을 나눠줄 수 없게 되었다.

당시 장미회를 통해서 뇌전증 약을 받아가던 사람들이 12만 명이나 됐는데 법도 법이지만 당장 그들이 문제였다. 약이 많이 보급됐다고 해도 여전히 병원에 가서 진료를 받고 약을 구입하는데 어려움을 느끼는 사람들이 있었기 때문이다. 나는 보건복지부를 찾아가서 장관을 직접 만났다.

"정부에서 이 명단을 인계해 주십시오. 우리는 이제 약도 공급 받을 수 없게 됐으니 의료 봉사활동을 그만 두겠습니다."

장미회 회원이었던 환자 몇 사람이 따라와서 장관실 앞에서 시위를 하다가 발작을 일으키기도 했다. 장관도 직접 나와서 그 모습을 보고선 심각한 상황이라는 것을 알게 됐다.

그 결과 장관의 특별 지시로 사단법인 장미회에 한해서는 의약품을 취급할 수 있도록 하고 봉사 목적으로 사용하는 것을 허가해 주었다. 법의 예외를 인정받으면서 그 이후로도 장미회 활동이 유지될 수 있었다.

하지만 그것도 오래 가지는 않았다. 뇌전증 환자를 치료하는 병원들이 많이 생겨났고 새로운 약들도 속속 등장하면서 장미회를 찾지 않아도 뇌전증을 치료할 수 있는 길이 활짝 열렸기 때문이다.

로즈클럽인터내셔널로 변신

뇌전증 치료약이 많이 개발되고 종합병원에서도 손쉽게 치료를 받을 수 있는 환경이 됐음에도 불구하고 장미회를 찾는 뇌전증 환자들의 발길은 끊이지 않았다.

그것은 아마 같은 병을 앓는 사람들끼리만 느낄 수 있는 동병상련의 마음 때문이었을 것이다. 장미회는 뇌전증 환자들의 치료를 돕는 곳이기도 했지만 서로 마음을 드러내놓고 이야기할 수 있는 공간이기도 했다.

환자들 사이에서도 유전병이다 지랄병이다 할 정도로 인식이 좋지 않았는데 같은 병을 앓는 환자들끼리 모임에서 만나서 치료를 받고 결혼도 하고 아이까지 낳아서 데리고 오는 행복한 모습을 보면서 다른 환자들도 큰 용기를 얻었다.

의약분업 이후 병원에서도 보다 싼 값으로 뇌전증 약을 처방받아 복용할 수 있게 되면서 장미회의 역할도 달라졌다. 장미회는 달라진 환경 변화에 적극적으로 대응했다.

약이 보급되고 진료하는 병원이 많이 생겼다고 해서 뇌전증 환자들의 문제가 모두 해결된 것은 아니었다. 과거에 해왔던 진료사업의 비중을 크게 줄이는 대신, 재활과 복지, 환자들의 권익증진으로 활동 방향을 바꾸었다.

2014년에는 국내 환자들을 위한 사업 부문을 '사단법인 한국뇌전증협회'로 모두 이관했고 대신 해외 뇌전증 환자들을 위해

봉사하는 기능만을 남겨 '사단법인 로즈클럽인터내셔널'로 분리
했다.

나 역시 로즈클럽인터내셔널의 대표를 맡아 해외 뇌전증 환
자 지원에 나섰고 지금은 고문을 맡고 있다.

Chapter 3

보다 더

소외된 곳을 찾아서

네팔에서 온 편지

옛 제자의 간절한 부탁

"선생님, 수업하실 때 장미회 이야기를 많이 들었는데 이곳에도 뇌전증 환자들이 많이 있습니다. 필요한 약과 돈을 좀 보내주실 수 없으신지요. 간곡히 부탁드립니다."

1986년 어느 날 네팔에서 한 통의 편지가 도착했다. 편지를 보낸 사람은 네팔의 한 여학생으로 이화여대에서 강의를 할 때 내게 배운 학생이었다. 당시 세브란스병원에 있으면서 이화여대에 출강을 하며 학생들을 가르쳤는데 그때 나에게 배웠던 제자들 중 한 사람이었다.

우리가 한국에 장미회를 만들 때 독일과 미국에서 도움을 받

마음을 치료하는 의사

앞듯이 네팔의 가난한 환자들에게 도움을 달라는 내용이었다.

나는 그 전까지 네팔이 어디에 붙어 있는지도 잘 몰랐다. 편지를 보내온 학생도 내가 가르쳤던 수많은 학생 중 한 명이었고 개인적으로 특별한 인연이 있었던 것도 아니었다. 그런데 그 간절한 편지를 그냥 외면할 수 없었다. 장미회와 기독의사회, 이대병원, 세브란스병원 등의 도움으로 우선 급한 대로 뇌전증 치료약과 옷 등 구호물자를 보내기 시작했다.

"선생님, 환자가 많아졌는데 조그마한 사무실을 하나 얻어서 진료를 했으면 좋겠어요."

오래 전 장미회를 처음 만들면서 봉사활동을 하던 때가 생각났다. 환자들은 몰려오는데 마땅한 공간이 없으면 어려움을 겪을 것 같았다. 조그만 공간을 얻어주고 매달 월세를 보내주었다.

그렇게 돈과 약이 가고 연락을 주고 받다보니 어떻게 하고 있는지 궁금해졌다. 직접 가서 보고 싶은 생각에 1986년 처음 네팔을 방문했다.

네팔까지 가는 길은 생각보다 멀었다. 지금은 6~7시간이면

갈 수 있지만 그 당시는 홍콩을 거치고 방콕을 경유해서 네팔의 수도 카트만두까지 가는데 꼬박 2일이 걸렸다.

처음 방문한 네팔의 실상은 놀랄 정도였다. 간질은 물론 결핵, 회충, 영양실조 등 후진국 질병이 만연했다. 단순히 낙후되었다는 말로는 그 부족함을 다 표현할 수 없을 정도였다.

해방 직후 혼란스럽던 우리나라의 모습을 보는 듯했다. 그렇게 시작한 네팔과의 인연이 그 이후로도 이렇게 오랫동안 지속될지 그때는 알지 못했다.

스위스 병원과의 국제 협력

네팔 의료 봉사활동을 꾸준히 지속할 수 있었던 데는 행정적인 지원과 진행을 맡아준 장미회의 역할 외에도 이화여대 의학대학 이근후 학장의 도움이 컸다. 이화여대에서는 매년 의료봉사단을 조직해 네팔에서 무의촌 진료를 실시했다. 이근후 학장을 비롯, 교수들, 학생들이 적극적으로 봉사활동에 참여해주었다.

처음 네팔 의료 봉사활동을 할 때만 해도 진료를 할 수 있는 공간을 찾는 것조차 힘들었다. 카트만두 시내에 스위스에서 지어 준 조그마한 병원이 있어서 그 병원을 찾아가 무료 진료에 대한 협조를 부탁했지만 반응은 미지근했다.

자기들 병원에도 의사가 있는데 여기 와서 무슨 진료를 하느냐는 것이었다. 우리가 가져온 약을 보여주면서 그들이 주가 되어서 함께 무료 진료를 하자고 제안했다.

우리가 가져온 약을 보여주자 반응이 달라졌다. 효과가 좋은 최신 의약품들을 가지고 온 것을 보고 놀라는 눈치였다. 그냥 대충 와서 흉내만 내는 것이 아니라 제대로 의료 봉사활동을 하러 왔다는 생각을 한 모양이었다.

스위스 병원과 함께 국제적인 협력을 통해 무료 의료 봉사활동을 전개할 수 있었다. 봉사활동이 끝나고 난 후 남은 약은 모두 스위스 병원에 전달해 주고 돌아왔다.

한국에서 온 의사들이 무료 의료봉사를 한다는 소식이 알려지자 네팔 전역에서 사람들이 몰려오기 시작했다. 수십 킬로미터 떨어진 곳에서 걸어온 사람들로 무료진료소 앞은 인산인해를 이루었다. 이틀을 꼬박 걸어서 병원을 찾아온 사람들도 있었다.

네팔 무의촌 의료봉사 활동을 한다는 이야기에
수십 킬로 떨어진 곳에서부터 많은 사람들이 몰려왔다.

그들은 진료소 마당에 임시로 마련해둔 천막에서 노숙을 하면서까지 치료를 받고 갔다. 한 사람이라도 더 진료를 하기 위해 밤이면 초롱불을 밝히면서 환자들을 받았다.

그 먼길을 힘겹게 걸어와서 치료를 받고 나서 순박한 표정으로 "감사하다"는 말을 연발하는 사람들을 보면서 이들을 모른 채 할 수 없었다.

내전 지역보다 더 열악한 의료 환경

지구상에는 평생 의사를 보지 못하고 죽는 사람이 아직도 많다. 오지에 자리 잡은 네팔 같은 경우는 아주 심각하다. 오죽하면 내전이 일어난 중동이나 아프리카가 더 나을 정도이니 말이다. 이런 곳은 전란이 일어나면 국제사회가 관심을 갖고 봉사단체를 파견하기도 하지만 네팔 같은 경우만 해도 국제사회에서 큰 관심을 갖고 있지 않아 많은 사람들이 의료 혜택을 받지 못하고 있는 실정이었다.

네팔에 의료 봉사활동을 나갔을 때의 일이다. 진료를 마치려고 하는데 허름한 행색의 남자가 나타나 부인이 다 죽어가니 제발 한 번만 환자를 봐달라고 사정을 하는 것이었다. 딱한 처지를 이해 못하는 것은 아니지만 내가 산부인과 의사가 아니라 정신과 의사라 약간 망설이게 되었다.

하지만 남편의 부탁이 하도 애절해 환자의 증세를 알아보러 그네들의 집으로 찾아갔다. 부인이 있다는 그 집 2층으로 올라서자 시체 썩는 냄새 같은 것이 진동을 했다.

이미 환자는 피골이 상접한 모습이었고 환자의 치마저고리 아래에선 고름 같은 것이 흘러나오고 있었다. 상태를 확인하려고 환부에 손을 갖다 대자 고름이 한꺼번에 터져 나와 고름 범벅이 되고 말았다.

일단 환자가 허리에 두르고 있는 띠를 환부에 넣어 남은 고름을 빼낸 후 한국인 간호사 두 사람에게 항생제를 2주 정도 투약하고 경과를 지켜볼 것을 지시했다.

나는 그 환자가 그리 오래 살지 못할 것이라고 생각하고 착잡한 마음으로 한국으로 돌아왔다. 6개월 후 다시 네팔에 가게 됐다. 그 지역을 들렀더니 환자가 건강한 모습으로 남편과 함께 찾아와 나 덕분에 살 수 있었다며 정말 감사하다고 인사를 하는 것이었다.

환자는 패혈증에 걸려 있었는데 별다른 약을 구할 수 없어 그

지경으로 증상이 악화됐던 것이었다. 우리가 소중하게 생각하지 않는 장비나 약품조차 이곳에서는 너무나 귀하고 요긴하게 쓰이고 있었다. 왜 내가 이렇게까지 먼 곳으로 가서 의료봉사를 해야 하는지 다시 한 번 깨닫게 해 준 환자였다.

국왕으로부터 이름을 하사받다

더 가난한 사람을 위한 병원

의료 봉사활동을 위해 네팔을 자주 오가다보니 이곳에 병원을 하나 지었으면 좋겠다는 이야기가 나왔다. 하지만 수도인 카트만두만 해도 이미 미국이나 유럽 등 선진국에서 지어 준 병원이 여러 개 있었다. 굳이 카트만두에 경쟁적으로 또 다른 병원을 짓는 것은 큰 의미가 없어 보였다.

이왕 짓는 것 아예 병원이 전혀 없는 곳, 소외되고 더 가난한 사람들이 있는 곳에 병원을 짓자고 마음먹고 장소를 물색하기 시작했다. 논의 끝에 물망에 오른 곳이 카트만두에서 120킬로미터 정도 떨어진 곳에 있는 '돌라카'라는 마을이었다.

우리나라로 치면 부여와 같은 고도(古都)이자 네팔인 제자의 고향이기도 했다. 히말라야로 가는 도로가 끝나는 부분에 위치한 오지 중의 오지로 그곳엔 유명한 힌두 사원이 위치한 곳이기도 했다.

그 동네 출신으로 목사가 된 사람이 있었는데 그의 할머니가 땅을 선뜻 내줘서 병원 건립에 착수할 수 있었다.

부지는 마련했지만 건축비가 문제였다. 병원을 짓는 일은 개인적인 기부 정도로 해결될 수 있는 일이 아니었다. 병원 설립 자금 마련을 위해 동분서주했다. 장미회의 오랜 후원자들, 대학 후배와 제자들에게 도움을 청하는 등 후원자가 될 만한 사람은 누구든 만났다.

3년에 걸친 고행의 길

차량도 도로도 없는 해발 2천 미터의 오지에 병원을 짓는다는 것은 생각만큼 쉽지 않았다. 건축을 하는데 필요한 자재가 없어서 수도인 카트만두에서부터 차로 실고 와야 했는데 트럭 한 대로 시멘트와 벽돌을 가져오는데 꼭 하루가 걸렸다.

포장도 제대로 되어 있지 않은 길에 우리나라로 치면 옛 도로로 대관령이나 한계령을 넘어가는 것보다 몇 배나 더 험한 길을 달려야 했으니 그 어려움은 충분히 짐작할 수 있을 것이다.

병원을 짓는 데는 생각보다 많은 시간이 걸렸다. 공사 현장으로부터 1.5킬로미터 정도 떨어진 강에서부터 모래를 채취해 와야 했는데 거리도 거리지만 모래 자체가 문제였다.

건물을 짓기 위해서 시멘트에 모래를 섞어서 쓰려면 어느 정도 굵기가 있어야 하는데 그 모래는 바닷모래처럼 너무 고와서 건축자재로는 쓰기가 힘들었다. 채로 걸러서 가는 모래를 걸러내고 굵은 모래만 남겨서 한 사람이 짊어질 정도로 모은 다음 그걸 지고 가면 꼭 하루가 걸렸다.

모래 두어 바가지를 얻기 위해서 하루 일당을 줘야 했다. 1백 평이 조금 넘는 면적에 기초 공사를 하고 1층을 올리는데까지 꼭 1년이 걸렸다. 돈도 예상한 것보다 엄청나게 더 들어갔다.

'괜한 일을 시작한 것은 아닌가.'

후회가 밀려왔다. 시작을 했으니 끝을 봐야 하지만 그 과정이 참으로 힘들었다. 3년의 건설 기간 동안 얼마나 많은 눈물을 흘렸는지 모른다. 비용도 1백만 원이면 될 것이 3백만 원이 들어가

3년의 공사기간을 거쳐 완공된 돌라카 종합병원.

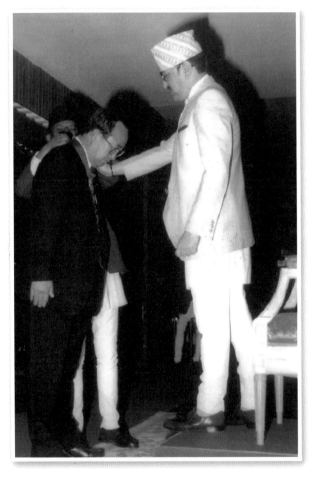

네팔에서의 의료봉사활동의 공로를 인정 받아
1995년 네팔 국왕으로부터 훈장을 받았다.

마음을 치료하는 의사

는 식이었다. 어디로 새는지 알 수도 없고 그렇다고 그걸 가지고 싸울 수도 없었다. 힘든 과정을 모두 견디고 3년이 지나서야 비로소 병원 건물이 완공됐다.

그야말로 3년에 걸친 대역사였다. 총 건평 2백여 평의 3층 건물로 입원실, 수술실, 분만실과 X선, 초음파 진단기 등 검사 장비 등을 갖추었다.

병원 준공식에는 정말 많은 사람들이 참석해, 이 병원에 대한 관심을 보여주었다. 우리나라 주 네팔 대사는 물론, 네팔 국왕의 동생인 내무부 장관, 경찰과 군인들까지 참석했다.

병원 이름은 원래, 이 지역의 이름을 따서 '돌라카 시티 호스피털', 한국과 네팔의 관계를 고려해서 '코리아 네팔 프렌드십 호스피털' 등으로 지으려고 했으나 뜻밖에도 네팔 국왕이 직접 병원 이름을 지어서 보내주었다. 에베레스트 바로 아래에 신령이 깃든다는 영산(靈山)인 '가우리상카'의 이름을 따서 '가우리상카 제너럴 호스피털'이라는 이름을 얻게 됐다. 작은 클리닉 규모의 병원이었지만 졸지에 '종합병원' 같은 이름을 달게 됐다.

온갖 난관 끝에 3년 만에 완공된 가우리상카 종합병원은 네팔인이 한국인들에 대해 신뢰를 갖게 되는 계기를 마련해주었다.

수돗물 때문에 끊길 뻔했던
현지인들과의 관계

전기, 전화, 수도가 처음 들어오다

가우리상카 병원이 정상적으로 가동될 수 있었던 데는 네팔 국왕의 관심도 큰 영향을 미쳤다. 원래는 그 마을에 전기가 전혀 들어오지 않았다. 전기가 없으면 엑스레이를 비롯해서 검사 기기를 가동할 수 없어서 국왕에게 부탁했더니 병원까지 전기가 들어올 수 있도록 해 주었다. 전화가 없다고 하자 공중전화도 놓아주었다.

그밖에도 많은 사람들이 도움을 주었다. 주 네팔 한국대사관에서 혈액분석기와 발전기를 사주었고 외무부에서도 급하게 보낼 물품이 있으면 대사관 파우처에 넣어서 보낼 수 있도록 편의

마음을 치료하는 의사

를 봐 주었다. 우리 정부로부터도 얼마나 많은 도움을 받았는지 모른다.

병원을 운영하려면 물도 필수지만 산골 오지에 수도가 있을리 없었다. 물 문제를 해결하는데는 코이카(KOICA) 봉사단의도움이 컸다. 산에 댐을 만들어 병원으로 들어오는 직행 수도관을 개설함으로써 병원의 물 문제를 해결할 수 있었다.

하지만 이 물 때문에 주민들과 큰 갈등을 빚기도 했다. 병원으로 들어오는 호스를 가위로 끊어서 물을 훔쳐가는 일이 자주발생했다. 끊어진 호스를 이어놓고 가기라도 하면 괜찮은데 끊어 놓은 채로 가 버리면 병원은 물 한 방울 쓸 수 없는 상황이 되어 버렸다.

어느 날 우리 선교사 한 사람이 병원 옥상에서 밖을 내려다보고 있는데 호스를 중간에서 끊고 물을 떠가는 네팔 사람을 현장에서 목격하게 됐다. 그는 화가 나서 크게 소리를 쳤다.

"그거 당장 꽂아 놓고 가!"
"네가 하든지!"

화가 난 선교사는 돌발적으로 손에 잡히는 뭔가를 집어 던졌다. 수도를 끊어 놓고 도망가던 네팔 사람은 그 모습을 보고 화가 나서 문제를 크게 확대시켰다.

"한국 사람이 돌을 던져서 우리를 죽이려고 했다!"

삽시간에 온 동네에 소문이 나면서 마을 사람들이 병원으로 몰려왔다. 그렇게 친절하게 대해주던 사람들이 성난 얼굴로 병원 마당에 모여서 시위를 했다.

병원 앞마당에서 시위하는 마을 사람들
"이사장님 큰일 났습니다."

나는 한국에서 전화로 상황을 전달받았다. 상황이 심각해보였다. 나는 전화를 끊자마자 바로 네팔로 향했다. 갑작스러운 이동에 네팔행 비행기가 없어서 중국 상하이로 먼저 날아간 다음, 카트만두행 비행기를 어렵게 갈아타고 이틀 만에 병원에 도착할 수 있었다.

병원에 도착해보니 동네 사람들이 그때까지도 병원 앞마당에서 계속 시위를 하고 있었다. 병원에 도착해서 걸어가자마자 모든 사람들의 눈길이 내게 쏠렸다. 어떻게 하나 보자 하는 표정들이었다. 나는 그들을 향해 걸어가다가 중간쯤에 멈춰 서서 무릎을 꿇었다.

"얼마나 화가 났겠습니까. 나 같아도 당신들보다 더 했을 겁니다. 모든 책임은 나에게 있으니 여러분이 화나는 만큼 나를 때리세요."

그 한 마디에 갑자기 분위기가 뒤바뀌었다. 방금 전까지 성난 목소리로 핏대를 올리던 마을 사람들이 울면서 내게 다가왔다.

"닥터 박! 우리가 닥터 박을 원망하는 것이 아닙니다. 우리가 얼마나 닥터 박을 고맙게 생각하는데요. 우리가 잘못했습니다."

그들은 그렇게 말하면서 흐느꼈다. 끝 모를 것 같던 갈등은 그렇게 정리가 되었다. 그 사건 이후 우리나라 사람들과 네팔 사람들은 더욱 친한 관계가 되었다.

"우리는 닥터 박을 믿습니다."

그 후로 네팔 사람들은 나를 어떤 어려운 부탁도 들어주는 사람이자 자신들을 위해 무조건 헌신하는 사람이라고 믿게 됐다.

2009년 코이카의 지원으로 건설된 두 번째 병원인 한 네팔 친선병원.

병원 이어
교육기관 운영까지 나서다

마오이스트들의 공격을 비껴가다

1986년 처음 네팔을 방문한 이후 지금까지 1백 번 정도 네팔을 찾았던 것 같다. 그 사이에 격동의 네팔 현대사를 고스란히 겪을 수 있었다. 처음 네팔에 갔을 때만 해도 국왕이 다스리는 입헌군주제의 국가였지만 지금은 왕정이 폐지되고 공화제로 바뀌었다. 네팔 국왕이 병원 이름을 지어줄 정도로 많은 관심을 갖고 있었기 때문에 정치 체계의 변화가 우리의 의료 봉사활동에도 영향을 주지 않을까 걱정했던 것도 사실이다.

네팔 국내는 마오쩌둥의 사상을 추종하는 사회주의자인 마오이스트(Maoist)들의 무장투쟁으로 극심한 혼란을 겪기도 했다. 가우리상카 병원이 있는 지역은 마오이스트들의 활동이 활발한 곳이었지만 다행스럽게도 우리 병원만은 그들로부터 공격을 받지 않았다.

허물어져가는 교육기관을 다시 세우다

"당신이 도대체 뭔데 우리나라에 와서 이런 일을 벌이고 있나? 목적이 뭔가?"

마오이스트의 공산주의 정당이 정권을 잡자 정부 관계자가 나를 불러서 따지듯이 물었다. 나는 종교를 가진 사람이기는 하지만 종교나 이데올로기 그런 것보다 사람에 대한 사랑을 중요하게 생각한다고 대답했다.

"네팔사람을 사랑해서 왔지 다른 목적은 없습니다."

내 말에 그 관계자는 조금 누그러진 표정으로 슬며시 물었다.

"그렇다면 내가 원하는 부탁을 하나 들어줄 수 있소?"

들어보니 국가에서 장애자 교육을 위해 만든 교육기관이 하나 있는데 제대로 운영되지 않고 있다며 좀 도와줄 수 없겠냐는 것이었다.

"좋습니다. 원하시면 돕지요."

내 대답이 떨어지자마자 그는 바로 자동차를 타고 아까 말했던 장소로 이동했다.

자동차가 도착한 곳은 부다닐칸트에 있는 교육시설이었다. 건물은 거의 허물어질 듯한 상태였고 사람도 찾아볼 수 없었다. 이곳에서 목공 훈련을 한다고 하는데 망치 하나하고 끌 하나 밖에 없었다.

"우리 현실이 이렇습니다. 이걸 허물고 새로 지어줄 수 없겠습니까?"

나는 정부 관계자에게 이 작업을 위해서 정부가 고려하고 있는 예산을 물어본 다음 그 예산을 주면 거기에 다섯 배 정도를

마음을 치료하는 의사

더 투자해서 건물을 고쳐보겠다고 대답했다. 과연 그 금액으로 건물을 새롭게 지을 수 있을지 관계자도 의아해하는 모습이었다.

우리 선교사 중에 공대 출신의 독특한 목사가 한 사람 있었다. 그는 많은 사람들이 최소 몇 년은 걸릴 것이라고 생각했던 그 건물을 리모델링 방식으로 6개월 만에 말끔하게 고쳤다. 교육시설은 물론 교육생들의 숙소까지 만들었다.

건물이 고쳐지자 교육 프로그램을 만들어 현지 사람들을 공부시켰다. 아무 배움이 없는 시골 처녀들을 데려다가 6개월 과정으로 재봉 기술을 가르친 다음, 기술을 습득하면 재봉틀 하나를 사서 졸업시켜 주었다. 자기 동네에 가서 재봉 기술로 먹고 살 수 있도록 한 것이다.

이밖에도 버섯재배, 양재, 편물 등을 비롯해서 미용, 제빵, 수공예, 목공, 전기, 배관 등의 전문 기술 교육으로 확대해 나갔다. 교육의 효과는 금방 나타났다. 비록 지금은 많이 달라졌지만 당시만 해도 네팔에 있는 주요 호텔의 전기, 배선, 배관공들이 모두 우리 학교 출신일 정도로 잘 나갔다.

"외국에서 선교활동을 한다고 오면 모두 색안경을 끼고 봤는데 당신은 다른 그런 선교사들과는 다르군요."

나에게 일을 부탁했던 정부 관계자는 그 이후 개인적으로도 매우 친해져 사적인 교류도 많이 할 정도로 가까워졌다. 아마 서로의 진심이 전해졌기 때문에 가능한 일이었다는 생각이다.

부다닐칸트 국립직업기술훈련원이 성공적으로 운영되자 이후 중고등학교 과정을 가르치는 소망아카데미의 운영까지 맡게 되었다.

마음을 치료하는 의사

국립기술학교에 이어 중고등학교 운영까지도 맡게 됐다.

꽃다운 나이,
너무 일찍 진 이름 '홍사옥'

잊을 수 없는 이름

네팔의 의료봉사활동을 이야기할 때 빼놓을 수 없는 이름이
있다.

'홍사옥.'

나하고 세브란스의대 동기동창이기도 한 세브란스병원 홍완
유 교수의 딸이다. 홍사옥은 이화여대를 졸업하고 세브란스병
원 가정의학과 레지던트 과정을 밟고 있었다. 참 착하고 예쁘면
서 신앙심도 깊은 아이였다. 당시 세브란스병원 레지던트들이

돌아가면서 2개월 씩 네팔 의료봉사를 지원해주고 있었다.

"저도 다녀오고 싶어요."

그녀는 자기 차례도 아닌데 네팔에 가서 먼저 봉사활동을 하겠다며 자원하고 나설 정도로 열정이 있었다. 네팔로 출국하기 전 날 사옥이를 따로 불러 저녁을 함께 하면서 같이 가지 못해서 아쉬운 마음으로 용돈도 조금 쥐어주었다.

자신은 물론 언니와 형부, 오빠들이 모두 교회에 다니는데 아버지만 교회를 다니지 않는다며 아쉬워했다.

"우리 아버지 교회에 꼭 좀 나오게 해주세요."

믿을 수 없는 비보(悲報)

아버지를 걱정하던 그 말이 그녀의 마지막 말이 되고 말았다. 그녀가 네팔을 향해 출발한지 얼마 지나지 않아서 충격적인 비보가 전해졌다. 네팔로 향하던 타이항공의 비행기가 폭우로 산에 부딪혀 추락하면서 탑승자 전원이 사망했다는 소식이었다.

믿을 수 없는 충격적인 소식에 나는 할 말을 잃어버렸다. 비행기가 추락한 현장에 가족들이 달려가 유류품이라도 찾으려고 뒤졌지만 하나도 찾지 못했다. 그러다 마지막에 일기장 같은 작은 공책을 하나 발견했는데 온통 아버지의 신앙을 위한 기도 내용으로 가득 차 있었다.

결국 홍사옥의 아버지는 교회에 나가기 시작했다. 네팔 봉사활동 떠나는 순간에도 그렇게 아버지 걱정을 하더니 죽어서도 아버지를 신앙의 세계로 이끈 착한 딸이었다.

네팔을 가려면 직항이 없었기 때문에 방콕을 거쳐 가야 했는데 사고 이후 타이항공 직원들은 홍사옥의 사고를 잊지 않고 장미회와 세브란스병원 의료봉사단이 비행기를 이용할 때면 짐이 많아도 추가 요금을 받지 않고 우선적으로 실어주는 등 많은 배려를 해주었다. 홍사옥의 사고에도 불구하고 세브란스병원의 의료 봉사활동은 멈추지 않고 더 강하게 타올랐다. 그것이 불의의 사고로 일찍 유명을 달리한 홍사옥의 뜻을 잇는 길이었기 때문이다.

북한에서만 하지 못할 이유는 없다

나를 필요로 하는 곳이 있다면 어디든 간다

처음 북한을 돕게 된 계기는 1997년 북한에 큰 수해가 발생하면서 어려움을 겪고 있는 북한 동포들을 돕기 위해 사랑의 의약품 나누기 운동을 펼치면서부터다.

북한을 돕게 된 것에 대한 특별한 이유는 없다. 북한에서 태어난 것도 아니고 그곳에 친·인척이 있는 것도 아니다. 단지 네팔·몽골·중국·베트남에서도 하는 의료봉사를 북한에서만 하지 못할 이유가 없다고 생각했다. 나를 필요로 하는 환자가 있다면 어디든 간다는 생각뿐이었다.

이념과도 상관이 없는 일이다. 그저 인간으로서의 애정이다. 저 친구들이 내 처지였으면, 똑같이 나를 도왔을 것이라는 생각을 하면 특별할 것도 없다. 내게는 그저 도울 수 있는 기회가 있을 뿐이다. 알고 보면 나도 학생 시절 이름도 모르는 미국인에게 장학금을 받고 공부한 적이 있다.

북한을 처음 방문하게 됐을 때 북한 측에서는 "참석자들을 소수로 하고 사람들이 들어오는 것보다 물건과 돈을 먼저 보내는 것이 좋겠다"는 입장을 표명했다.

그러나 우리들의 생각은 달랐다. 그들과 친해지려면 많은 사람들이 들어가야 한다는 데 의견의 일치를 보고 그것을 고수했다. 철저한 순비 기도 덕분인지 그들과의 대화는 생각보다 순조롭게 진척됐다. 서로의 필요성을 충분히 양해했다.

나는 방북을 앞두고 솔직히 두려운 감정을 누를 길이 없었다. 이념과 사상이 다른 그곳에서 실수하지 않고 잘 견뎌낼 수 있을지 무슨 사고는 일어나지 않을지 걱정이었다.

영삼이가 보냅디까, 대중이가 보냅디까

1997년 북한에 의약품을 전달하기 위해 처음 나진을 방문했을 당시만 해도 두만강을 건너기 위해 양쪽에서 짐 검사를 받는 데만 6시간이 걸릴 정도였다. 다시는 돌아오지 못할지도 모른다는 생각도 들었다.

"영삼이가 보냅디까, 대중이가 보냅디까?"

주민들의 거친 말투에 조금 당황하기도 했다. 하지만 1차 방북을 마치고 집으로 돌아오고 나서야 비로소 괜한 두려움에 걱정을 했구나 싶어 쑥스럽기까지 했다.

긴장된 상황 속에서도 그들은 편안하게 우리를 맞아주었다. "안녕하세요. 여러분을 환영합니다."라고 말하는 그들과 악수했을 땐 몸 안에 있는 피가 한 곳으로 쏠리는 듯한 묘한 기분을 느꼈다. 바로 뜨겁게 끓어오르는 '동포애'였다. 그들은 혹시 잠자리가 불편하지는 않은지 살피는 등 여러 가지를 세심하게 배려했으며, 자신들의 삶의 모습을 구석구석 소개했다.

나진을 넘어 평양까지

그런 가운데서도 나에게 참 잘해준 친구들이 있었다. 안심할 수 있게 평양에서 나진까지 이틀에 걸쳐 차를 몰고 온 사람들이었다.

서로를 돕는 사람들 가운데에는 미운 사람이 하나도 없었다. 평양에서 지하철을 타면 "남쪽에서 왔죠?"라고 묻는 학생들이 있다. 젊은이들은 우리와 마찬가지로 자유분방한 모습이었다.

이듬해 한민족복지재단 설립에 참여해 2005년까지 의료 담당 부이사장과 공동대표로 재임하면서 '북한 어린이 돕기 5대 사업'에 앞장섰다.

2006년 북한 보건의료 지원 사업을 전문화하고자 장미회 내에 '새누리좋은사람들'이라는 대북사업팀을 만들어 종양연구소 현대화 사업, 남북한 시력건강지원사업, 간질보건센터 설립사업, 소아간질환자 지원사업 등 북한 주민을 위한 다양한 지원을 했다.

북한에 도움을 주는 것은 끊어진 남북관계를 다시 이어주는 희망의 끈이 될 수 있다고 생각했기 때문이다. 북한 아이들이 나를 볼 때 '저 할아버지 참 고마워' 하는 느낌만 가져도 우리의 희망은 머지않아 현실이 될 것이라고 믿었다.

1988년 나진시에서 열렸던 로뎀제약회사 착공식.
로뎀제약은 양약개발을 위해 만든 남북합영회사다.

우리가 기생충 왕국인지 아시오?

한밤중에 조선족 병원장들에게 긴급 연락

의약품 지원을 위해 북한을 처음 방문할 때 어떤 약품을 가지고 가야할지도 고민거리였다. 마침 한 제약회사에서 매년 군대에 보급하고 남은 기생충 약이 상당량 있다고 해서 9만 명분의 기생충약을 갖고 북한을 방문했다.

북한에 들어가기 직전 연변에 머무르면서 북한 측과 통화를 했더니 가장 시급한 것이 아스피린이라고 했다. 우리는 기생충약 밖에 안 갖고 왔다고 하니 실망하는 빛이 역력했다.

우리는 그날 밤 연변에 있는 조선족 병원 원장들에게 긴급히 연락해 아스피린을 있는 대로 다 가져오라고 해서 일단 되는 대로 아스피린도 함께 갖고 북한을 방문했다.

　　　　　　　　　　　　　　마음을 치료하는 의사

나진에서 처음 느낀 북한의 첫인상은 깨끗했다. 당시 나진 특구로 개발하고 있어서 호텔 시설도 쾌적했다. 북한 측 관계자를 만나서 기생충약과 함께 급하게 구한 아스피린을 내밀었더니 퉁명스러운 표정으로 한마디를 던졌다.

"우리가 기생충 왕국인줄 아십네까?"
"아, 미안합니다. 일반적으로 쓸 수 있는 것이라고 생각해서 가져왔습니다."

약을 전달하고 나서 우리는 현지 병원을 둘러볼 기회를 가질 수 있었다. 나진에 있는 도립병원이었는데 병원 시설이 해방 직후만도 못할 정도로 낙후되어 있었다.

병원의 창문 유리가 깨져서 바람이 들어올 정도였다. 이런 상태로는 병원의 기능을 하기 어려울 것 같았다. 우리는 이 병원을 수리하기로 하고 우리나라에서 기술자를 데리고 와서 완전히 수리를 했다. 유리 창문을 이중창으로 갈아 끼우고 복도 문부터 전기 코드까지 새것으로 갈아 끼우고 나니 그나마 병원 같은 모습이 되었다.

처음에는 기생충약, 소화제, 아스피린 등 기본적인 의약품을 보내는 것부터 시작했지만 그 다음엔 대학병원팀과 함께 의료 장비를 보냈다.

서울대를 중심으로 충북대까지 많은 대학들이 의료 장비를 지원해주었다. 의료 장비만 있다고 되는 것은 아니다. MRI나 CT 같은 경우는 장비도 크고 기술자도 필요하다.

의료 장비를 보내는 데는 서울대에서 많은 도움을 줬다. 당시 서울대 병원장을 맡던 박용만 원장은 서울대 의대에서 의료 기기를 담당하던 의기공팀에 공식 출장을 줘서 북한에 가서 장비를 설치해주고 올 수 있도록 했다.

수술 기법까지 직접 전수

의료 장비를 지원하면서 장비의 성능이나 사용법이 담긴 팸플릿을 가져다주면 북측 관계자들은 영어로 되어 있는 내용이었는데도 밤새 번역해서 공부를 하고 외우다시피 해서 나타났다.

북한의 의료인들 역시 교육 받을 기회가 많지 않아서 좁지만 특정 분야에서 깊이 있게 많이 알고 있었다.

마음을 치료하는 의사

마지막에는 수술까지 할 수 있도록 도와주었다. 북한의 경우도 우리와 비슷하게 위암 환자가 많은 편이었는데 당시 위암 수술 분야의 최고 의사로 알려진 김진복 교수가 평양의과대학 수술실에 들어가서 수술 시범을 보여주면서 수술 기법을 가르쳐 주었다.

1997년 북한을 처음 방문한 이래 1998년 한민족복지재단 설립에 참여하여 의료담당 공동대표로 재임 중 13차례 방문했고 평양의과대학병원, 평양 제1인민병원, 평양 암연구소 등에 중요 의료 장비 지원과 교육협력을 진행했다. 지금까지 20번이 넘게 북한을 방문했다.

이념과 체제가 다른 북한 관계자와 협의 과정에서 이견이 생기면 "우리 부모가 2차대전 이전에 북쪽에 살았더라면 내가 당신의 위치에 있었을지 모른다. 그러니 지금부터는 서로 좋은 것을 소개하고 있는 것을 서로 나누어 갖는 관계가 되기 위해 노력하자"고 설득한다.

내가 당신의 위치에 있었을지 모른다는 생각이 북한과의 관계뿐 아니라 40여 년 간 내가 해온 수많은 활동을 당연하게 해준 원동력이었다.

너희도 좋고 우리도 좋은 것만 하자

북한 의료 체계의 현실

북한의 의료 제도는 이론적으로 많은 장점을 가지고 있었다. 국가가 국민의 의료를 전적으로 책임지며 의료 전달체계도 완벽했다. 대부분의 치료가 읍, 면, 동 단위 보건소에서 해결됐다. 그러나 실체의 모습은 시설 및 물자 부족으로 큰 어려움을 겪고 있었다. 의사들은 많았지만 최신 의료기술과 지식을 가진 전문의는 매우 적었다. 그것이 북한 의료체계의 현실이었다.

북한의 의료기술은 당시 우리나라의 1970년대 수준이었다. 그들은 의대를 졸업한 후 한 곳에서 평생을 연구, 진료하기 때문에 개인적인 수준은 상당히 높았다.

다만 다른 분야와는 협력이 잘 이루어지지 않아서 응용이 잘 안된다는 것이 단점이었다. 그러나 작은 것이라도 배우려고 하는 열의는 정말 대단했다.

우리 쪽에서 안과팀, 위암수술팀 등이 가면 밤 새워서 공부를 하고 다음날 찾아와 모르는 것을 질문하는 열의를 보였다.

다음엔 우리가 시술을 해서 보여주고, 두 번째는 같이 하고 세 번째는 단독 수술하는 것을 감독하는 방식으로 의료기술을 전수해주곤 했다. 지금도 평양의대에서는 우리가 전해준 장비와 의술을 활용하고 있을 것이다.

통일의 희망을 쌓아가다

북한을 도울 때는 북한의 자존심을 건드리는 일은 하지 않았다. 북한 어린이들을 보면 너무 불쌍하고 안됐지만, 아이들의 사진을 공개하거나 눈물 뽑는 이야기를 하지 않는 이유다.

어린이들의 사진을 보여주는 것이 후원금을 걷는 데는 도움이 되겠지만 북한의 자존심을 건드리면서 돕느니 차라리 돕지 않는 게 낫다고 생각했다.

2011년 5월 말 북한 취약계층 지원 방안을 협의하기 위해 방북을 했다. 나의 원칙은 "너희도 좋고 우리도 좋은 것만 하자."는

북한 방문 후 한국에 돌아와 기자들의 질문에 대답하고 있는 모습.

마음을 치료하는 의사

것이었다. 쓸데 없는 잡음이 생기는 것을 원하지 않았다.

북쪽 사람들을 미움을 가지고 봐선 안된다. 집단 통제 하에서 움직일 때는 경계해야겠지만 개별적으로 한 명씩 만나 보면 우리와 같은 사람이다. 적어도 남북이 통일됐을 때 "남쪽 사람들이 온정을 가지고 자신들을 도왔구나"하는 얘기를 들어야지. 미워하거나 굶어죽기를 바랐다는 이야기를 들어서는 안 되는 것 아닌가하는 생각이다.

통일은 꼭 해야 한다. 민족이 서로 왕래하고 협력하는 통일이 되어야 한다. 그러나 전쟁은 절대 안 된다는 확고한 신념을 가지고 있다. 그동안 정권이 여러 번 바뀌면서 사람들의 생각도 여러 번 바뀌었다.

남쪽이 수많은 사람들의 생각이 다르듯이 북한도 하나가 아니라고 확신한다. 지금은 비록 어려운 상황이지만 남북 관계가 더 좋아져서 앞으로 통일로 향하는 길이 조금이라도 당겨졌으면 한다. 그동안 해왔던 우리의 활동들이 통일이라는 희망을 쌓는 작은 돌멩이 하나라도 될 수 있었으면 하는 바람이다.

Chapter 4

환자의
마음을 치료하다

두 번의 큰 수술

60대 후반에 처음 찾아온 건강 '적신호'

어렸을 때부터 먼 거리를 걸어서 통학하면서 기본적인 체력을 길러온 덕분인지 나이 들어서도 큰 병 없이 비교적 건강하게 잘 지내왔다.

병원 일과 여러 외부 활동을 병행하면서 바쁘게 지냈지만 특별히 아픈 곳이 없었던 것 같다. 처음으로 건강에 적신호가 켜진 것은 지금으로부터 20여 년 전인 내 나이 60대 후반에 접어들 때였다.

1990년대 후반 이라크 전쟁이 끝난 직후 한민족복지재단 해외 봉사활동을 위해 바그다드를 방문한 적이 있었다. 전쟁이 끝난 지 1주일 정도 밖에 되지 않은 시점이어서 아직도 거리 곳곳

마음을 치료하는 의사

에 포연이 다 가시지 않은 상태였다.

일주일 정도 일정으로 현지 봉사활동을 하던 중 우리가 묵은 호텔에 포탄이 떨어지는 바람에 거의 죽다 살아나는 경험을 하기도 했다. 빡빡했던 바그다드 봉사일정을 마치고 귀국하자마자 바로 북한 의료 봉사활동과 관련된 일이 있어서 다시 일주일 정도의 일정으로 평양에 다녀왔다.

연이어 보름 정도 먼 거리를 이동하며 바삐 움직였다. 무리한 일정 때문이었을까. 봉사활동을 마치고 돌아와서 주말 동안 잠시 휴식을 취하고 월요일 아침 출근을 하는데 가벼운 어지럼증이 느껴지면서 몸이 조금 이상하다는 것을 느꼈다.

바로 세브란스병원에 있는 후배에게 전화를 해서 내 상태를 말하니 다급한 목소리로 말했다.

"긴급한 상황인 것 같습니다. 지금 빨리 택시 타고 병원으로 오십시오."

앰뷸런스를 부르고 기다릴 시간도 없었다. 당장 택시를 불러서 잡아타고 병원으로 향했다. 병원에 도착하자 후배가 병원 현관에 휠체어를 준비시킨 채 내려와서 기다리고 있었다. 그와 반갑게 만나서 악수를 한 것까지만 기억이 난다.

정신을 차려서 눈을 떠보니 병실 침대 위에 누워 있었다. 잠에서 깨서 어렴풋이 눈을 떠보니 항응고제 주사약을 투여하고 있는 것이 눈에 들어왔다.

"조금만 늦었어도 큰 일 날 뻔 했습니다."

뇌동맥이 막혀서 뇌경색이 왔는데 빨리 조치를 하는 바람에 괜찮아졌다고 했다. 다행스럽게 10일 정도 입원하고 퇴원해서 일상으로 돌아갈 수 있었다. 두 번째 위기는 바로 얼마 전 찾아왔다.

또 한 번의 위기, 위암
'종합 검진을 한 번 받아봐야겠는데.'

지난해 어느 날 갑자기 배가 쓰린 듯한 느낌이 들어서 병원을 찾았다. 마침 우리 병원 바로 위층에 검진을 할 수 있는 병원이 있어서 검사를 받았다. 다른 검사를 다 마치고 위장 내시경 검사를 하고 있는데 담당 의사가 걱정스러운 표정으로 말했다.

"선생님, 위 상태가 조금 이상한데요. 조직검사를 해봐야겠습니다."

검사를 마치고 다음날 집에 있는데 담당 의사로부터 연락이 왔다. 예감이 조금 이상하다 싶었더니 아니나 다를까 큰 병원으로 가 보라고 하는 것이었다.

결국 큰 병원에 가서 검사를 하니 위암이라는 판정이 나왔다. 당장 수술에 들어가 항암치료와 함께 위장 일부를 절제하는 수술을 받았다. 다행스럽게 수술 경과가 좋아 곧 일상으로 돌아올 수 있게 됐다. 위장을 절제하는 바람에 음식을 조금만 먹어도 배가 차올라 먹는데 어려움을 겪어서 불편하지만 그래도 다시 건강을 되찾을 수 있어서 다행이었다.

나이가 들면서 건강 면에서 두 번의 큰 위기가 있었지만 그래도 큰 무리 없이 아직도 진료를 하고 환자를 만날 수 있다는 것을 큰 복으로 생각하고 있다.

뒤늦은 후회와 고백

되돌려주지 못한 사랑

올해로 내 나이 88세다. 살아온 날을 되돌아보면 잘한 일보다 부족하고 뉘우칠 일들이 훨씬 더 많다. 나이를 먹고 시간이 흐를 수록 그동안 못다 했던 부족한 일들이 더 많이 떠오른다. 내가 베푼 사랑보다 더 큰 사랑을 받았지만 내가 받은 사랑을 다 갚지 못한 것이 늘 죄송할 뿐이다.

어렸을 때부터 워낙 키도 작고 몸집이 작은 아이였기 때문에 주변 사람들의 도움을 많이 받았다. 집에서 학교까지 6킬로미터 나 되는 거리를 매일 걸어 다녔는데 비가 오고 눈이 많이 올 때면 고학년 선배들이 나를 업고 학교에 가기도 했다.

참으로 고마운 형들이었다. 그들을 늘 보고 함께 지내왔으면서도 그들은 물론 그 자녀들에게도 그만큼 잘해주지 못한 것이 지금도 늘 마음 한편에 아쉬움으로 남아 있다.

아버지가 조그만 자전거를 타고 나를 데리러 오던 기억도 난다. 지금처럼 잘 포장된 도로가 아니어서 울퉁불퉁한 자갈밭에 자전거로 아이를 태우고 다니는 것이 결코 쉬운 일이 아니었을 것이다. 그런 아버지 생각을 조금도 하지 못하고 걷기 싫다고 늘 아버지 뒤에 매달려 다녔던 기억도 아프게 다가온다.

다른 학교보다 등록금이 훨씬 비싼 사립 의과대학을 다니면서도 등록금을 대느라 고생했던 아버지 생각을 미처 하지 못했다. 시골에서는 그래도 밥은 먹고 사는 집이었지만 서울에 있는 의과대학에 여유 있게 보낼 수 있는 형편은 아니었다.

아버지는 내 등록금을 마련하느라 농작물을 담보로 돈을 빌리기도 했다. 아버지가 등록금을 마련하기 위해 돈을 빌리러 가서 사정을 하는 모습을 보면서도 미안하다는 마음보다 내 등록금도 못 챙겨주나 하는 아쉬운 마음을 가졌던 것이 사실이다.

형제들에게도 미안한 것은 마찬가지다. 8남매의 장남이었는데 내가 돈 많이 드는 의과대학 다니느라고 나 때문에 희생을 감수한 동생들이 있다.

내가 대학을 졸업하고 난 후 아내가 시동생과 시누이들 학교도 보내고 결혼도 시키면서 뒷바라지를 했지만 동생들 눈으로 볼 때는 큰아들에 비해서 늘 부족한 지원을 받을 수밖에 없었을 것이다. 지금도 형제들에게는 미안한 마음뿐이다.

위암 수술 받으며 다시 떠올린 아버지

늦은 나이에 위암 수술을 받으면서 돌아가신 아버지를 떠올렸다. 아버지도 나와 비슷한 나이에 똑같이 위암 수술을 받으셨다. 위암 수술을 받고 나서 뒤늦게 아버지가 겪었을 고통을 생각하게 됐다.

내가 가지고 있는 증상 그대로를 가지고 있었을 아버지를 생각하니 그런 아픔들을 세심하게 챙기지 못한 것에 대해 후회가 밀려왔다.

누구나 부모에 대해서 후회를 하겠지만 의사라는 직업을 가지고 있었으면서도 그런 아픔을 헤아리지 못했으니 너무나 큰 불효를 했다는 생각과 함께 나이가 들수록 죄책감이 커진다.

위암 수술을 받고 난 후 아버지는 가끔씩 바지를 끝까지 올려 입지 않고 엉덩이에 걸치게 내려 입기도 했는데 나는 그런 모습이 보기 흉하다면서 올려 입으라고 괜히 핀잔을 주기도 했다. 하지만 나도 똑같은 수술을 받게 되면서 아버지가 왜 그럴 수밖에 없었는지 뒤늦게 알게 됐다.

그나마 아버지, 어머니 모두 내가 병원을 크게 하고 있을 때 돌아가셔서 특실에서 좋은 간호를 받으면서 마지막을 편하게 보내드릴 수 있었다는 것을 위안으로 삼고 있지만 못다 한 효도에 대해서는 지금도 늘 마음 한편이 무겁다.

마음 아픈 사람들이 늘어난다

신경과와 정신과의 만남

서울 시내 한복판 광화문에 '박종철 신경정신과'를 개원한 것이 1975년이니 곧 45년째를 맞게 된다. 요즘은 신경과와 정신과가 나누어져 있지만 나는 신경정신과 전문의로 뇌전증, 중풍과 같은 신경과 환자들은 물론 우울증, 조현병과 같은 정신과 환자들도 함께 진료를 하면서 다양한 환자들을 만나고 있다.

우리 병원을 찾는 환자들 중에는 노이로제, 조울병, 조현병 같은 일반적인 정신병 환자들도 있지만 가정불화, 가정문제, 자녀문제, 진로문제, 직장에서의 갈등 등의 문제로 상담치료를 받기 원하는 환자들도 많다.

억울하게 당하는 갑질, 직장 내 갈등으로 인한 불이익, 성격

문제 등 사람들이 살면서 처하는 어려움들이 많다. 특히 약자가 당하는 어려움은 어디서 호소할 곳이 마땅히 없는 것이 사실이다.

요즘 국가인권위원회나 국민권익위원회 같은 기관들이 있지만 그런 곳에서 법률적으로 해결해 줄 수 없는 사소하면서 다양한 문제들이 많다. 가족 문제 같은 것은 변호사를 찾아갈 수도 없고 그렇다고 심리상담소를 찾아가기도 애매하다.

부부간의 문제부터 자녀간의 문제에 이르기까지부터 말 못할 고민들로 인해 정신적 스트레스를 받는 사람들이 상담 치료를 위해 지금도 병원을 많이 찾고 있다.

문제는 양쪽 모두에게 있다

"우리 아이가 문제가 있는데 왜 그런지 모르겠어요."

자녀 문제로 상담을 하러 온 부부 이야기를 듣다보면 그 부부가 문제가 있다는 것을 발견하게 될 때도 있다. 그런 경우 부부를 상담 치료하게 되면 아이는 상담을 하지 않아도 저절로 좋아진다.

문제는 항상 상대적이다. 나는 1백 퍼센트 옳고 상대방이 1백 퍼센트 나쁜 상황은 없다. 내가 어떻게 반응하느냐에 따라 상대방도 달라진다.

악처의 뒤에는 반드시 가면 쓴 선량한 남편이 있다. 선량한 남편이 악처라는 누명을 아내에게 덮어씌운 것이지 아내만 1백 퍼센트 전적으로 나쁜 경우는 없다.

문제는 항상 상호적이다. 개선할 의지가 어느 쪽에 있는 지를 찾아서 고칠 수 있는 쪽을 고쳐야지 문제가 많은 사람을 고치는 것이 해결 방법은 아니다.

천막의 네 귀퉁이 같은 가족의 역학관계

"어떻게 오셨습니까?"

"제 아내가 ○○○인데 여기에 왔죠."

"그건 이야기 할 수 없습니다. 저를 찾아온 이유를 얘기하세요."

아내가 나를 한두 번 찾아와서 진료를 하고 간 다음 그녀의 남편이라는 사람이 갑자기 병원으로 찾아온 일이 있었다. 남자

의 이야기를 들어봤다. 두 사람은 자주 부부싸움을 하는 등 갈등
이 많았다고 한다. 그런데 갑자기 어느 날부터 아내의 태도가 싹
바뀌어서 자신한테 너무 잘하더라는 얘기였다.

'이 사람이 죽으려고 그러나?'

아내의 너무 달라진 모습에 남편은 이상해서 아내의 소지품
을 뒤지다가 약 봉투를 발견하고는 나를 찾아온 것이었다.

"당신은 그동안 아내에게 어떻게 했다고 생각합니까? 당신
문제를 이야기해보세요."

남편 이야기를 듣고 어떤 부분을 고쳐보라고 상담을 해주고
나면 서로 변한 것을 보고 부부가 같이 와서 치료를 받기도 한
다. 어떤 경우 아이들까지 함께 와서 가족 3인, 4인 치료를 받는
경우도 있다.

"우리 집 분위기가 완전히 달라졌습니다."

"그렇게 공부 안 하던 아이가 이번에 우등상을 받았어요."

가족 상담을 하고 돌아가서 가족 모두 달라지고 가정이 달라졌다고 말하는 가족들도 많다.

가족 간의 관계는 천막과도 같다. 천막이 팽팽하게 유지되려면 기둥이 모두 똑바로 서야 한다. 천막의 중앙 기둥이 무너지거나 어느 한 쪽 기둥이 휘청거리면 천막도 찌그러질 수밖에 없다.

가족 역학도 마찬가지다. 가족의 역학을 분석할 때 가족이 테이블에 앉아 있으면 어떻게 앉아 있느냐, 그림을 그려놓고 아이가 밥 먹을 때 누구랑 이야기를 많이 하느냐, 엄마하고 많이 하느냐, 아빠하고 많이 하느냐, 아니면 동생하고 이야기를 많이 하느냐고 물어보고 선을 긋다보면 그 가정의 핵심 축이 누구인지 알 수 있다.

핵심 축에서 소외된 축은 소외감을 가질 수밖에 없다. 그런 것을 조정해 주는 것이 가족치료다.

아버지와 자녀를 중심으로만 이야기 선이 그어지는 집은 엄마의 역할이 없다. 돈 문제도 아빠, 공부 문제도 아빠하고 의논하게 되면 엄마는 일하는 가정부가 되어 버린다. 그런 가족에서

마음을 치료하는 의사

엄마는 소외감으로 인해 우울증이 생길 수밖에 없다. 그런 가족의 역학을 조정해주는 것이 심리 치료 중 역학 치료의 영역이다.

외로운 현대인들

요즘 가장 흔히 볼 수 있는 환자의 유형은 혼자 자란 사람들이다. 외동딸, 외아들로 자라다보니 대인관계 경험이 적을 수밖에 없어 자기중심적이다.

가정과 달리 직장에 가면 자기중심적으로만 할 수 없기 때문에 문제가 생긴다. 조직사회에서 적응을 잘하지 못하는 것이 현대 젊은이들의 약점이고 문제점이다.

자신이 그런 약점을 아는 것이 필요하다. 내가 누군가로부터 도움이 필요하다면 상대방도 나에게 그런 도움이 필요하다는 것을 알아야 한다. 서로 상대성을 이해하고 돕기도 하고 도움을 받기도 하는 관계가 되어야 한다.

깊이 자기 자신을 인식하지 못하기 때문에 사람들과의 관계 속에서 갈등이 있을 때 그 원인이 자신에게 있다는 것을 알지 못한다. 상대방의 문제만을 보지, 자신의 문제를 보지 못한다. 정신과 상담 치료 중에는 그런 것을 자각하게 만드는 것도 큰 부분을 차지하고 있다.

의사와 환자의 관계도 상대적이다. 신뢰 관계가 생기면 하나의 관계가 된다. 그 신뢰를 바탕으로 해서 가족과의 관계, 직장 동료와의 관계, 그런 것을 하나씩 하나씩 실제 체험하는 것을 감독하고 지도하는 것을 가르쳐주고 있다. 날이 갈수록 점점 사회생활과 인간관계에서의 어려움을 호소하는 사람들이 늘어가고 있다. 현대인의 또 다른 질병이다.

사람처럼 존귀한 존재가 없다. 그런데 현대 사회구조가 사람보다 다른 것들을 중시하다보니 사람은 존엄성을 상실 당하고 있다. 이러한 존엄성을 회복하려면 사랑의 소중함을 느끼게 해주는 것이 가장 중요하다. 그러려면 주위에서 그가 사랑하는 방법을 체험하게 도와주는 것 이상이 없다고 생각한다.

생명을 살리는 전화 한 통

선교다방, 아가페의 집에서 맺은 인연

1970년대 초 서울 시청 앞 코오롱빌딩 지하에 선교다방, 아가페의 집을 차리기 위한 추진위원회가 결성됐다. 이때 인연을 맺었던 분들이 강신명, 김재준, 최태섭, 조향록, 이영민, 김옥길, 장하구 씨 등이다. 이 모임이 모태가 되어서 '생명의 전화'가 시작되었다.

1970년대는 산업의 발전과 함께 급격한 도시화가 이루어지면서 인간성 상실과 인간소외 같은 문제들이 발생하기 시작했다. 많은 사람들이 낯선 도시에서 고립감과 소외감을 느끼게 되었지만 개인적, 가정적, 사회적으로 제대로 해결하지 못해 극단적으로 자살을 선택하는 사람들이 늘어나 비극과 사회적 문제를

야기 시키기 시작했다.

이렇게 절망하며 소중한 삶을 놓아버리려는 사람들에게 도움을 주고자 시작된 생명의 전화는 우리나라 수많은 전화 상담 기관의 효시였다고 할 수 있다.

나 역시 이후 생명의 전화 원장을 맡아서 힘을 보탰다. 내가 생명의 전화 원장에 취임하던 날 많은 분들이 참석, 축하해주었다. 그러나 취임식 직후 한국유리 명예회장 최태섭 이사장의 소천 소식은 한껏 부풀었던 내 마음을 흔들어 놓았다.

최 이사장은 생명의 전화 발전에 큰 공을 세운 분으로 서울 하월곡동 복지관건립위원장직도 맡았다. 특히 투병 중에서도 센터와 복지관을 찾아와 상담자원 봉사자들을 위로했고 기도로 후원하는 일을 아끼지 않았다. 최 이사장은 생전에 이 말을 항상 강조했다.

"선교의 사명을 이루어 나가는 생명의 전화를 만들어봅시다."

취임식 날 명예이사장으로 추대된 조향록 목사님은 나의 손을 잡으며 이렇게 당부했다.

"원장님, 늘 새롭게 발전하는 생명의 전화가 되도록 힘써 주세요."

명예원장인 이영민 목사님은 생명의 전화 인재양성을 위해 사용해달라며 장학금을 기탁했다.

나는 그동안 전화기를 통한 상담기관이자 자원봉사운동의 선구자 역할을 해온 생명의 전화에 동참할 수 있었던 것을 늘 자랑으로 여기고 있다.

자살을 통보한 청년

1977년 자살하려던 한 청년을 살렸던 기억은 쉽게 잊히지 않는다. 유난히 쌀쌀하게 느껴지던 10월 마지막 밤이었다. 청년은 전화를 걸어 절망적인 한마디만 남기고 전화를 끊었다.

"죽어야겠습니다."

(위) 2011년 6월 30일 열린 생명의 전화 핫라인 개통식.
(아래) 범국민생명존중운동본부를 중심으로 자살 예방운동이 시작됐다.

마음을 치료하는 의사

곧 파출소에 연락을 했고 전화국의 도움으로 자살 직전의 그 청년을 살릴 수 있었다. 그리고 청년을 위로했다.

"네가 마음이 굉장히 아팠구나. 우리 함께 해결책을 찾아보자. 내일 다시 한 번 만날까?"

"얼굴도 모르고 단지 목소리만 듣고 이렇게 저를 살려주시다니 감사합니다."

그 청년이 자살하려고 했던 정확한 이유를 아직까지 잘 모른다. 다행스럽게도 청년은 새 삶을 살겠다고 다짐했다.

생명의 전화 상담원들은 보이지 않게 움직이는 손들이다. 나는 이러한 일을 감당하는 봉사자들을 늘 겸손, 사랑, 봉사 등의 정신을 바탕으로 정성을 다해 섬길 것이다.

그후 생명의 전화는 그동안 숙원 사업이었던 전국 단일 전화번호도 받았다. 1588-9191번. 9191은 구원구원을 뜻한다. 이 번호는 자녀안심의 대리신고 전화로도 활용이 가능하다. 생명의 전화는 항상 열려 있다.

생명의 전화가 다른 상담기관과 다른 점은 24시간 상담이 가능하고 익명성과 상담의 비밀이 지켜지며 어떤 이야기도 비판하지 않고 수용한다는 점이다. 카운슬러들도 50시간 이상의 교육을 받은 수수 자원 봉사자들로 이루어져있으며 전국적으로 서울, 부산 등 주요 도시에서 수천 명의 상담사들이 지금 이 시간에도 상담에 응하고 있다.

2003년에는 자살예방센터를 열어 상담교육을 시작했고 2004년에는 한국 자살예방협회를 창립, 이사장으로 재직하면서 자살에 대한 매스컴의 보도 지침 제정과 모니터링, 자살 방지를 위한 상남교육과 일반 시민교육 등에도 참여했다.

마음을 치료하는 의사

환자보다 직원이 더 많은 병원

얼굴 드러내기 싫은 유명인사들 많이 찾아

고려병원을 나와서 개인병원을 개원한다고 했을 때 많은 사람들이 우려의 시선을 보냈다. 장안에서 가장 잘나간다는 고려병원을 나와서 새롭게 병원을 개원한다고 하니 걱정스러웠던 모양이다.

광화문에 병원을 두고 평창동에 별도의 입원실까지 마련했을 정도로 병원은 빠르게 성장했다. 한창 때는 의사 7명에 직원만 50명이 넘었다.

"정신과를 하더니 미쳤구나?"

개인병원을 하면서 종합병원에서 일하던 간호사와 약사까지 데리고 가자 미쳤다, 돌았다 말도 많이 들었다.

당시만 해도 정신병에 대한 인식이 부족해서 조현병, 조울병이나 알콜 중독, 마약 중독 같은 증세를 가진 사람들이 치료를 거의 받지 못해 상태가 크게 악화된 환자들이 많았다.

특히 이름이나 얼굴이 잘 알려진 유명 인사들의 경우 정신병 증세가 나타나면 드러내놓고 치료를 한다는 것이 쉽지 않았다. 마침 당시 정신병에 대한 치료약이 많이 나오기 시작하면서 치료 효과도 극적으로 좋아졌다.

그런 소문을 듣고 정치인부터 목사, 신부, 변호사, 재벌 등 사생활을 드러내고 싶지 않으면서 깨끗하고 좋은 병원을 원하는 유명 인사들이 우리 병원을 많이 찾았다. 환자 수는 많지 않았지만 고급 입원실에서 입원을 할 수 있는 환자들을 주로 받았기 때문에 병원 운영은 어렵지 않았다.

40년 넘게 함께 하고 있는 영원한 '미스 전'

하지만 밖에서 보면 엄청나게 큰 병원에 환자도 몇 명 없는데 환자 수보다 직원이 더 많은 것 같다면서 의아하게 생각하는 사람들도 있었다.

결국 누군가의 신고로 세무조사를 두 번이나 연이어 받는 일까지 벌어졌다. 알아보니 누군가가 신고를 해서 조사를 나오게 되었다고 했다. 그 사람은 내가 잘 알고 있는 사람이었다. 어떻게 돈을 벌기에 직원을 그렇게 많이 두고 병원을 운영하는지 의심의 눈초리가 여전했다.

나는 지금도 그렇지만 병원의 회계 관리에 직접 관여하는 부분이 거의 없다. 직원들을 철저히 믿고 그들의 전문성에 맡길 뿐이다. 그런 믿음 때문에 그렇게 오랫동안 병원을 운영해도 금전적으로 큰 문제가 생긴 적이 없었고 나와 한번 인연을 맺은 사람들과 쉽게 헤어지지도 않았다.

얼마 전 나와 함께 병원을 지키던 우리 병원의 마지막 의사인 부원장이 병원을 그만두었는데 처음 병원을 개원했을 때부터 나와 함께 했던 분이다. 70대 중반으로 우리 병원에서만 40년 넘게 함께 했다. 내가 늘 '미스 전'이라고 부르는 수간호사 역시 우리 병원 개원부터 지금까지 40년 넘는 시간을 함께 하고 있다. 지금은 할머니가 다 되었는데도 여전히 내게는 '미스 전'이다.

봉사를 다시 생각하다

그저 맡긴 일을 수행했을 뿐

인생을 돌이켜보니 이런 저런 봉사활동에 많이 참여해왔던 것 같다. 하지만 나는 지금까지도 내가 무슨 봉사활동을 했다고 생각하지는 않는다.

내가 주도적으로 시작한 일도 거의 없다. 그저 주변에서 도와달라고 해서 따라갔는데 끝까지 남아 있다 보니 내게 관심이 많이 쏟아졌던 것뿐이다. 보이지 않는 곳에서 많은 분들이 도움을 주셨기 때문에 가능한 일이었다.

무슨 회장 선거, 학회장 선거를 할 때도 내가 하겠다고 해서 경쟁하기 위해 나간 적은 한 번도 없다. 우연히 기회가 주어져서 따라 한 것뿐이다.

마음을 치료하는 의사

일을 잘 벌이는 성격은 아니었지만 한 번 시작한 일은 아무리 힘들어도 멈추지 않고 꾸준히 해나갔다. 개인병원을 운영하면서 늘 일주일에 3일만 진료를 하고 나머지는 병원 밖 다른 봉사활동에 참여해왔다. 여러 많은 단체의 봉사활동을 하면서도 그 활동비를 받지 않았고 해외로 오가는 교통비와 경비 등도 모두 개인 비용으로 부담하는 것을 원칙으로 삼았다. 내가 인정받을 수 있는 일이 있다면 아마 그런 일 정도일 것이다.

봉사란 주는 것이 아니라 받는 것

나는 지금까지도 '봉사'라는 말을 잘 사용하지 않는다. 봉사하는 것보다 되돌려 받는 것이 훨씬 많기 때문이다. 내가 먼저 부탁한 적도 없는데 먼저 알고 전화해서 지원해 주는 후원사들이 있고 나와 같은 길을 가는 제자들과 후배들이 있어서 감사할 따름이다. 어느 때부터인가는 내가 제자들을 끌고 다니는 것이 아니라 내가 끌려 다니는 경우가 더 많다.

봉사활동을 통해서 내가 배우는 것이 훨씬 더 많았다. 생명의 전화 상담을 하다보면 오히려 내가 깨우치고 나를 발견하게 되는 경우가 더 많았다. 그러니까 그들에게서 혜택을 되돌려 받은

게 더 많다.

오랫동안 장미회에서 뇌전증 환자를 돌보는 일을 하다 보니 소문을 듣고 우리 병원을 찾는 환자들도 많이 늘어났다. 생각해 보면 세상에는 눈에 띄지 않게 되돌려 받는 게 참 많다는 생각이 든다. 그동안 봉사를 한 것이 아니라 주고받은 것일 뿐이다.

가진 것에 비해 너무 많이 받은 사랑

늘 살아오면서 내가 가진 것, 내가 베푼 것에 비해 지나치게 많은 사랑을 받았다고 생각했다. 그 비결이 무엇인지는 나도 잘 모르겠다. 대학 시절부터 주변을 둘러보면 호남 출신은 나 혼자 였던 것 같다.

전라도 사투리를 쓰는 작고 가난한 학생에 대한 애틋함이었 을까? 학창시절부터 선생님이 부르면 기합을 받을까 싶어서 잔 뜩 긴장하고 찾아가 보면 주머니에서 부스럭 부스럭하면서 용 돈이라도 손에 쥐어주시는 고마운 선생님들이 참 많았다.

대학교수를 할 때는 그 선생님의 아들들한테 내가 받은 것처 럼 가끔 용돈을 쥐어주고 그랬다. 받고 그걸 나누면 또 다시 돌 아왔다.

이제 남은 삶도 더 열심히, 더 많이 돌려주면서 살아갈 것이
다. 받은 것이 너무 많아서 되돌려줄 수 있는 시간이 부족한 것
이 아쉬울 뿐이다.

마음을 치료하는 의사

초판 1쇄 인쇄 2019년 11월 10일
초판 1쇄 발행 2019년 11월 14일

지은이 박종철
펴낸이 정재학
펴낸곳 퍼블리터
등록 2006년 5월 8일(제2014-000181호)
주소 경기도 고양시 일산동구 정발산로 24(장항동 868) 웨스턴타워 T3 508호
대표전화 (031)967-3267
팩스 (031)990-6707
이메일 publiter@naver.com
홈페이지 www.publiter.co.kr
페이스북 www.facebook.com/publiter1
기획 곽경덕
편집 임성준
마케팅 신상준
디자인 design NIRVANA
인쇄 및 제본 천광인쇄

가격 15,000원
ISBN 979-11-955130-9-3 03810

ⓒ 2019 박종철